eugenia zerbini

As netas da Ema

Romance vencedor do Prêmio Sesc de Literatura 2004

3ª edição

EDITORA RECORD
RIO DE JANEIRO • SÃO PAULO
2023

CIP-Brasil. Catalogação-na-fonte
Sindicato Nacional dos Editores de Livros, RJ

Z655a
3ª ed.
Eugenia Zerbini
As netas da Ema / Eugenia Zerbini – 3ª ed. – Rio de Janeiro: Record, 2023.

ISBN: 978-85-01-07326-6

1. Romance brasileiro. I. Título.

05-1295

CDD: 869.93
CDU: 821.134.3(81)-3

Copyright © Eugenia Zerbini, 2005

Ilustração da capa: Isabelle Tuchband (ateliercite@ig.com.br)

Ilustrações das orelhas: Eleonora Zerbini

Foto da autora: Serapião (polistudio@polistudio.com.br),
produção Jorge Zambotti

Todos os direitos reservados. Proibida a reprodução, armazenamento ou transmissão de partes deste livro, através de quaisquer meios, sem prévia autorização por escrito.

Texto revisado segundo o Acordo Ortográfico da Língua Portuguesa de 1990.

Direitos exclusivos desta edição reservados pela
EDITORA RECORD LTDA.
Rua Argentina, 171 – Rio de Janeiro, RJ – 20921-380 – Tel.: (21) 2585-2000.

Impresso no Brasil

ISBN 978-85-01-07326-6

Seja um leitor preferencial Record.
Cadastre-se no site www.record.com.br e receba
informações sobre nossos lançamentos e nossas promoções.

Atendimento e venda direta ao leitor:
sac@record.com.br

À Christina N. de M., pela lembrança
das linhas partilhadas
Ao Paulo F.C.R., pelo amigo que é
Ao Renato de A. F., pelo rigor da leitura
À Sandra M.F.B., pela cura das feridas
... e sempre àquela, a "luz do senhor" — Eleonora.
Um capítulo para cada um de vocês.

... carne de romã e coração de figo da Índia: um fruto da África; outro da Ásia.... Frutos de mulher, oh, meu amor, são mais que frutos do mar...

(Saint-John Perse, Amers — II: estrofe IX)

Capítulo I

1

Ontem, eu quase morri. E se tivesse morrido não teria escrito um livro nem sido uma escritora, uma certa hora eu compreendi.

Fui assaltada. Ou melhor, tentaram me assaltar e eu reagi. Foi no começo da noite, em uma rua mais ou menos movimentada de um lugar que poderia ser São Paulo, Rio de Janeiro, Barcelona ou Nova York (tenho amigas que já foram assaltadas nessas cidades). Dois fulanos tentaram me tirar a bolsa. Acho que não esperavam minha reação. Afinal, depois de tantos anos de academia, corridas, aulas de RPG e de tai-chi — sem contar os alongamentos intermináveis —, treinando meus músculos, aumentando minha resistência e mantendo minha flexibilidade, em permanente duelo contra a perda da juventude, o que eles esperavam"

Com uma das mãos, puxei a bolsa com toda força contra o peito. Sem perceber, comecei a gritar. Não palavras de socorro, mas um vagido sem fim. Para o melhor ou para o pior, eu não seria uma Desdêmona calada. Eles foram embora.

Só então notei que tinham me jogado sobre a calçada. Levantei e ajeitei depressa a roupa. Passei as mãos pelo corpo, e tudo parecia no lugar. Os óculos tinham pulado fora do rosto, e, ao me abaixar para procurá-los, afastando o cabelo para trás da orelha, na tentativa de ver um pouco melhor, percebi o líquido morno que saía de um dos lados da cabeça e começava a escorrer carinhosamente pelo pescoço.

Prendi a respiração por alguns segundos, voltando a inspirar pela barriga. Um, dois, três, quatro, cinco... Procurando retomar as rédeas da situação, virei-me em direção à rua e estendi o braço ao ver o táxi que passava.

— Boa noite. Por favor, acabo de ser assaltada e acho que estou machucada. Me leva para um hospital aqui perto"

O motorista virou o tronco em minha direção e vi seu olhar espantado.

— Mas é que....

— Não me levaram a bolsa, estou bem e não vou sujar seu carro. Estou tirando minha jaqueta e colocando sobre o lugar de onde sai sangue — disse, didática.

— Não vou morrer em seu táxi.

Durante o trajeto, ainda consegui manter um diálogo construído de frases prontas e lugares-comuns. Foi ele que lembrou que eu podia ter morrido.

Não esperei para ser atendida. Ao entrar na recepção lotada do hospital público, com um passar de olhos identifiquei uma entrada com portas de vaivém. Um guarda controlava o acesso. Muito calma, ensaiei um sorriso pálido que combinava — eu acho — com a situação.

— Seu guarda, acabo de sofrer uma tentativa de assalto. Machuquei a cabeça e está saindo muito sangue.

O golpe de misericórdia, então: afastei a jaqueta e mostrei a metade da cabeça aloirada tingida de sangue. Ocorreu-me que ele podia suspeitar que eu estivesse mentindo. Na verdade, eu poderia ter apanhado do marido. Mas senti que ele havia se surpreendido com meu controle. É como eu sempre digo: na vida, como também na morte, é tudo uma questão de atitude.

Enquanto empurrava uma das folhas da porta, deslocando-se para o lado e me dando passagem, disse secamente:

— Segundo andar, Traumatologia.

Os corredores eram silenciosos, e eu me concentrei no ritmo de meus próprios passos. Subi pelas escadas e, ao chegar ao segundo andar, fui passando por uma fileira de portas. Sobre cada uma delas, o nome a que correspondiam. Míope, sem os óculos — um belíssimo par Alain Mikli preto e caramelo que acabara de perder —, não conseguia ler. Decidi abrir a última porta ao final do corredor. Imagino que era a sala dos médicos, porque um grupo deles conversava em volta da mesa. Surpreenderam-se com minha entrada. Marquei um ponto a meu favor.

— É aqui a Traumatologia" — perguntei, com voz meiga. Repeti o que havia acontecido, como se fosse um texto de teatro: — Tentaram me assaltar e eu me machuquei. Minha cabeça está sangrando muito.

Num *flash*, escutei a voz de minha mãe dizendo que eu sempre fui muito teatral. Percebi que impressionei. Outro ponto para mim.

— Primeira porta, deste mesmo lado do corredor, na frente da escada — respondeu um deles.

— Me desculpem, mas perdi meus óculos enquanto um dos assaltantes me batia. Não consigo ler nada.

Mais uma vez, inclinei a cabeça para a direita, afastei a jaqueta a apresentei o lado esquerdo coberto de sangue.

— Pode deixar que eu levo a senhora até lá — disse outro médico, levantando-se.

Caminhando lado a lado em silêncio pelo corredor, desta vez foi a voz de meu pai que me veio à lembrança. Dizia ele que uma das melhores coisas do mundo era flertar com mulher míope, porque, quando elas prestavam atenção em você, estreitavam ligeiramente os olhos para melhorar a visão.

— Seu cabelo é comprido e está com muito sangue. Não precisa se preocupar, eu não vou cortá-lo. Mas vou pedir que antes a senhora coloque a cabeça naquela pia e deixe escorrer bastante água para lavar o local — disse o médico, já na Traumatologia.

— Claro, doutor.

— Inclina bem o corpo, que eu ajudo a senhora.

— Um momento, deixa eu tirar os brincos. — Só então o médico deu atenção a algo que os ladrões também não haviam notado: minhas pequenas argolas de ouro, cada uma delas servindo de base para dois grandes brilhantes redondos, em forma de pingente. O presente que eu mesma me dera quando fui promovida à diretoria, uns anos atrás. Escorreguei-os da mão para dentro da bolsa, então pousada sobre o chão bem a meu lado.

— Com licença — disse o médico. Meio desajeitado, colheu minha cabeleira entre as mãos e colocou-a debaixo da torneira aberta.

Passados alguns minutos, já de pé, de modo alheio, presenciei a discussão entre os dois residentes: se era melhor examinar-me deitada sobre uma maca ou sentada em uma cadeira. De qualquer forma, pensei, eu era mais alta do que eles, mesmo sem salto alto. A bola ficou com aquele que me preferia sentada. O corpo de bombeiros dera sinal de que não-sei-quem ou não-sei-o-quê chegaria daí a pouco e seria melhor poupar o leito.

— Pelo que pude ver, a senhora está com uma porção de cortes no lado esquerdo da cabeça. São fundos e será preciso dar uns pontos. Os ladrões bateram na senhora com alguma coisa"

— Eu não vi. Um deles me jogou no chão, e acho que me chutaram a cabeça.

— Vamos lá. Primeiro, vou fazer uma boa assepsia. A senhora tem alergia a iodo ou qualquer outra coisa" E está em dia com a antitetânica"

— Não sou alérgica, não me lembro de ter tomado a vacina antitetânica, e, para o senhor ficar tranqüilo, não tenho nenhum tipo de hepatite.

— Não vem ao caso. Vou ter que cortar umas mechas de cabelo, só nas regiões dos cortes, para poder enxergar. Quando o paciente é homem, é mais fácil.

Vi que ele estava tentando ser engraçado.

— Quando ele é careca, deve ser melhor ainda — retruquei irônica.

— Não vai doer, porque vou dar uma anestesia local.

Comecei a sentir umas picadas pequenas. Quando elas cessaram, vi que ele enfiava, com facilidade, uma longa linha escura em uma agulha. E começou a costurar.

Fechei os olhos. Embora não doesse, eu podia ouvir o barulho da agulha entrando e saindo de meu couro cabeludo, enquanto a linha deslizava de um lado para o outro unindo as peles. Que bordado misterioso estariam fazendo aquelas mãos estranhas por entre meus cabelos"

Quando criança, eu bordava. Quem me ensinou foi minha avó. Com ela, aprendi a fazer coelhinhos saltitantes de nariz vermelho e rabo de pompom, ramos de violetas matizadas de rosa, lilás e azul, e as grandes flores vermelhas para a toalha da ceia de Natal. Vovó bordava muito bem. *Manni di fatta*, igual ao título da revista importada que ela recebia mensalmente em casa pelo correio. Em suas muitas caixas de costura, havia tranças e retroses de linhas de todas as tonalidades. Alguns molhos de linha tinham a mesma cor, só variando o tom; com esses, ela sombreava e obtinha a impressão de profundidade. Com precisão, "fazia o risco", usando suas palavras. Desenhava a mão livre ou copiava em um papel de seda, para, em seguida, decalcar no tecido. Só depois de escolhidas todas as linhas, começava a bordar. Da ponta de sua agulha saíam pavões de cauda entreaberta, gatos repousando sob peônias, holandesas de tranças loiras e tamancos ao lado de moinhos de vento. Essa recordação e a força do mito convenceram-me de que mexer com fios, seja para bordar, costurar ou tecer, é ofício feminino. Ariadne e Penélope... Quem deveria estar me costurando era uma mulher.

— Tudo bem, doutor" — perguntei, para me assegurar.

— Tudo.

Ele foi seco. Será que ele era capaz de ler meus pensamentos pelas frestas abertas em minha cabeça" Quem sabe ele poderia entrar por elas em meus sonhos, mudar minhas lembranças ou plantar algum desejo"

— Pronto. Agora só falta aplicar a antitetânica e encaminhar a senhora para o raio X e depois para o neurologista.

Um auxiliar acompanhou-me nas radiografias. Fiquei tonta quando me deitei na maca sob a máquina. Com o resultado, prossegui para a Neurologia, em outro andar.

— Boa noite. O que temos aqui"

— Boa noite, doutora. Sofri uma tentativa de assalto e machuquei a cabeça — respondi, já começando a ficar cansada daquilo que parecia estar se tornando um papel.

— Então a senhora reagiu"

— Não pensei em reagir, mas não deixei o ladrão levar minha bolsa.

— É isso aí. Parabéns. O século XXI será das mulheres.

Até aquele instante, tudo o que eu havia escutado era que devia ter entregado a bolsa de imediato e que poderia ter me machucado muito, ou até morrido, por ter reagido.

Erguendo as três chapas e colocando-as uma de cada vez contra a luz, a médica perguntou se eu havia perdido a consciência em algum momento.

— Não — respondi.

— Levantou sozinha depois que caiu"

— Sim.

— Sentiu enjôo, tontura ou dor de cabeça"

— Não, só dor no local que machucou.

— Está liberada. Pode lavar a cabeça para tirar os restos de sangue, tendo cuidado com os pontos, que deverão ser retirados daqui a uma semana. Em caso de dor, pode tomar o analgésico de sua preferência, na dose a que estiver acostumada.

— Doutora, se não for pedir muito... eu não moro aqui na cidade, estou sozinha e fiquei assustada — disse, titubeante. — Será que a doutora poderia chamar um táxi, discando de meu celular"

— É claro que sim. Chamo do meu, fica mais fácil.

Eu estaria mais confiante se fosse ela quem tivesse me costurado a cabeça.

Com a roupa coberta de sangue seco e muitos pontos na cabeça, em cinco minutos o taxímetro rodava a caminho do hotel. Fechei os olhos. Tinha entrado e saído daquele hospital sem dar meu nome e sem saber o nome de ninguém. Não havia ficha, registro, nada, enfim, que provasse minha passagem por aquele lugar, onde eu poderia, teoricamente, ter morrido.

2

Acordei na manhã seguinte muito melhor do que poderia ter imaginado. Um sábado, por sorte. Antes de sair da cama, decidi que arrumaria minhas coisas e voltaria para casa o mais rápido possível.

Enquanto tomava o café da manhã no quarto (fome, que bom sinal), refiz o mapa dos acontecimentos da noite anterior. Ia jantar na casa de um casal conhecido. Havia trabalhado com a mulher anos atrás. Enganei-me com o número do prédio, e o motorista do táxi me deixou um pouco longe. Andando à procura do número certo, fui pega pelos assaltantes, que me golpearam a cabeça.

Suspirei bem fundo.

Depois da passagem pelo hospital, e de volta a meu quarto no hotel, tinha arrancado a roupa que estava usando, imunda de sangue, socado tudo no plástico de roupa suja e jogado no lixo do banheiro. Agora, mais descansada, pensei que isso não fosse o melhor. E se alguém lavasse aquelas roupas e passasse a usá-las, assumindo parte de minha pessoa" Pior seria se usassem meu sangue para fazer algum encantamento ou um espírito ruim viesse se alimentar da força irradiada por meus restos deixados para trás.

Chamei a recepção e pedi uma tesoura emprestada. Cortei em tiras meu lindo conjunto de calça e jaqueta de crepe cor de berinjela, bem como a camiseta de *jersey* marfim, o sutiã e a calcinha de renda cor da pele, e misturei-as bem misturadas, como os pedaços de um quebra-cabeça. Algumas das tiras voltaram para o plástico de roupa suja, outras foram embrulhadas em umas folhas do jornal do dia, enquanto outra parte foi aninhada dentro da touca de banho do hotel. O plástico voltou para o lixo do banheiro, o embrulho foi para o lixo do quarto, e a touca, bem amarrada em sua boca com um elástico para cabelos, para o carrinho da moça da limpeza, por sorte parado a duas portas da minha. Fosse lá o que eu tivesse conjurado sem querer com meu sangue, os efeitos estariam desse modo diluídos.

Aguardando meu vôo, cismava sobre o que Jacqueline Kennedy teria feito com o *tailleur* Chanel rosa manchado de sangue no dia em que assassinaram seu marido, John Kennedy.

3

Cheguei em casa ao entardecer. Estava tomando água na cozinha, quando escutei o relógio da igreja bater seis horas ao longe. Minha avó — a mesma que me ensinou a bordar — tinha por hábito rezar o Ângelus.

Fechei os olhos. "Ave Maria, cheia de graça"... Depois dessas cinco palavras, embora eu não pudesse dizer onde estava, senti que não estava mais ali. Voltei quando declamei "Amém". Era unânime. Todos os que me conheciam melhor surpreendiam-se com minha fé.

Joguei-me em cima de um dos sofás da sala e peguei o telefone para tirar as mensagens recebidas por minha caixa de recados eletrônica. Uma delas, curta, em que uma de minhas melhores amigas, de cuja filha eu era madrinha, me deixava um beijo, e mais duas chamadas de alguém que não quis deixar recado.

Estirada entre as almofadas, soltei meu corpo por completo e adormeci.

Acordei do sonho que tive sobressaltada. Foi quase pior do que aquilo que havia acontecido no dia anterior. Um homem alto, de capa e chapéu escuros, vinha me buscar. Não via seu rosto, ele era só uma silhueta. Associei-o à figura negra no rótulo do vinho do Porto Sandeman. Ele ia me colocar em uma caixa de metal que contava apenas com um pequeno visor. Explicou-me que eu seria jogada ao mar. Na hora em que acabasse o oxigênio do interior da caixa, eu morreria. Isso fora decidido.

Implorei por uma explicação. Por que eu deveria morrer" Por que tinha chegado minha hora" Argumentei com a sombra que sempre tinha sido uma pessoa boa e que tinha agido segundo minha consciência. Ela disse não saber responder. Entretanto, cumprindo meu último desejo, buscaria alguém que o fizesse. Mas eu que prestasse muita atenção: minha sorte já tinha sido selada e não havia como fugir.

Para me esclarecer, apareceu um diabrete horrível, que mais parecia um duende. Escuro e peludo, todo sem jeito, vestia-se como um jeca, sem gosto algum. Carregava uma pasta tipo executivo, que de repente se abriu, deixando cair tudo o que estava dentro. Eram caixas e caixas de defumadores baratos, com nomes ridículos, mal impressos nos rótulos borrados: "Limpador da montanha", "Descarrego", "Despacho na encruzilhada" e "Obsessões". Todo canhestro, pediu um momento antes de me atender, pois queria palitar os dentes. Tinha sido chamado às pressas, enquanto comia, e um pedaço de carne ficara preso entre os dentes. Sacou do bolso um espeto de churrasco comprido. Por cerimônia, girou a cabeça para trás para que eu não visse o que ia fazer. Passou a ponta do espeto várias vezes por entre suas presas enormes, iguais às de lobo. Para minha surpresa, não é que ele havia comido de verdade" Isto feito, guardou rapidamente o espeto enorme no bolsinho de seu minúsculo paletó e disse alegremente estar à minha inteira disposição. Repetiu, porém, o que o vulto havia me adiantado, que eu tivesse certeza de que minha sorte já havia sido decidida.

— Eu gostaria de saber por que eu tenho que morrer agora. Nunca fui propositalmente má e esforcei-me para fazer tudo da melhor forma possível. Sempre quis crescer, expandir meus conhecimentos, adquirir maior consciência do mundo e de mim mesma.

— Mas esse é exatamente seu erro. Você só tinha que viver. Vou tirar a prova do que digo e confirmar toda essa história para você.

Falando assim, tirou da mala dos defumadores um imenso volume que eu ainda não tinha visto. Era encadernado em couro vermelho, velho e surrado. Ele passou a folheá-lo freneticamente da frente para trás e de trás para a frente. Algumas das páginas se desprendiam e ele as encaixava, ignorando a ordem original. Deteve-se de modo brusco em uma página.

— É isso mesmo — confirmou ele. — Não, não e não. Três vezes não. Seu destino não era esse. Ficar tentando crescer, entender... Que bobagem. Esse foi seu erro! Seu pecado capital foi fugir do que estava escrito para você viver nesta vida.

Desperta, só tive forças para estender o braço em direção à tomada do abajur que estava atrás de mim, sobre uma mesa ao lado do sofá. Sob aquela luz pálida, insuficiente para iluminar a sala toda, procurei interpretar aquele sonho. Mas não era esse justamente meu erro"

Antes que o pequeno tinhoso aparecesse de novo e eu tivesse que balbuciar *Rumpelstilsequim*, levantei-me, abri um pouco as janelas, respirei fundo e fui para a cozinha preparar meu jantar. Um pesadelo é às vezes só um pesadelo, como um charuto, às vezes, é só um charuto. A noite anterior não tinha sido fácil, e, tirando o café da manhã, eu estava de estômago vazio. Precisava comer. Separei um pacote de macarrão. Peguei na despensa uma lata de atum e outra de polpa de tomate. Coloquei água para ferver, pus a polpa para refogar em azeite e cebola, arrumei a mesa na copa e abri uma garrafa de vinho tinto. Quem vive sozinho precisa manter esses rituais cotidianos — um pouco de cerimônia para consigo mesmo — para tudo não ser engolido pelo caos.

Terminando de preparar o jantar, decidi encarar a pergunta que me acompanhara da sala para a cozinha:

em que eu estaria traindo meu destino" Quem sabe ficasse mais fácil se eu formulasse a questão de outra maneira: o que eu gostaria de ter feito e não fiz" O que fazia e não gostava" De supetão, indaguei a mim mesma:

— Se eu tivesse morrido ontem, o que sentiria não ter feito durante a vida"

A resposta veio de imediato:

— Sofreria por não ter escrito um livro.

4

Poderia escrever sobre minha vida.

A maioria pensa que suas vidas dariam bons romances. Pelo que contam, muitos escritores recebem, oralmente ou por escrito, relatos de pessoas que vêem rascunhos de livros em suas próprias vidas. Será que, para seus donos, cada vida tem sempre esse sabor de experiência única, digna de ser contada"

Como eu, outras tantas devem ter nascido numa noite quente de verão, na primeira metade dos anos 50. Devem ter tido seu crescimento registrado em fotos em que usavam vestidinhos delicados como algodão-doce, balançavam-se em cavalos de pau e falavam em telefones de plástico. Minha história foi diferente só porque meus pais tiveram uma história diferente.

Papai e mamãe desapareceram depois de terem sido presos, em 1970. Tudo aconteceu depois do Carnaval. Na quarta-feira de cinzas, tínhamos chegado de viagem à tarde e estávamos jantando mais cedo. Tocaram a campainha. Eu aproveitei para ir à cozinha pegar a bananada comprada na beira da estrada e que eu queria comer de sobremesa. Enquanto abria o embrulho e procurava um prato, escutei uma movimentação diferente na sala: meu cachorrinho latia; meu pai perguntou, duro: "Quem são vocês""; a copeira, que havia aberto a porta da entrada, exclamava: "Meu Deus, Meu Deus"; e minha mãe falou, alto: "Querido."

Meu sexto sentido fez com que eu abrisse com cuidado a porta de serviço e subisse para o último andar do prédio. Fiquei agachada atrás da porta que dava acesso ao apartamento do zelador e à casa das máquinas.

Papai era brasileiro, mas mamãe era de família polonesa. Eu ouvia as histórias que ela contava sobre guerras, fugas e esconderijos, e achava que o que eu acabara de fazer era o melhor no momento. Eu só não sabia que essa seria a última vez que veria meus pais.

Ele era advogado e defendia presos políticos. Por causa dele, mamãe — que era completamente alucinada por ele — tinha se ligado a movimentos católicos. Os dois se conheceram no tempo de faculdade, quando participavam da JUC, como era chamada a Juventude Católica. Ela não era daqui da cidade. Seus pais — vovô e vovó — tinham vindo da Polônia para o Brasil depois da Primeira Guerra, mas moravam em outro lugar. Mamãe viera para cá só para estudar e acabara ficando por ter conhecido papai. Ele estudava Direito, e ela, Letras. Casaram-se assim que se formaram.

Escondida, eu esperava o zelador subir para o seu apartamento. Pelos meus cálculos, nessa hora ele devia estar na portaria. Depois das sete da noite, ele descia e ficava até as dez, hora em que era rendido pelo vigia da noite. Não esperei muito.

— Garota, que está fazendo aí" Levanta, que levaram embora teu pai e tua mãe num carrão que estava lá embaixo na rua.

— Por favor, deixa eu telefonar para minha avó"

— Vamos, mas você vai telefonar do apartamento do quinto andar. Eles saíram e eu fiquei com a chave. O pessoal foi para a praia.

— Seu telefone é censurado" Papai sempre falou que o telefone lá de casa estava censurado.

Falei com a minha avó — a outra, a mãe de papai —, que combinou estar na esquina de casa para me pegar de carro em quinze minutos. Insistiu para que eu não passasse em casa sob hipótese alguma.

O zelador me acompanhou até a esquina e saiu rápido depois que me entregou a vovó. Ela chegou de táxi, me apanhou e deu ordens ao motorista para nos levar a um hotel, no centro da cidade. Com suas mãos quentes, ela apertou minha mão lívida e suada. As coisas estavam bem mais sérias do que eu pensava.

Chegamos ao hotel, e ela, sempre segurando minha mão, cumprimentou simpática o recepcionista:

— Boa noite. O senhor vai desculpar a falta de jeito, mas é que eu e minha neta estávamos vindo do interior e o carro quebrou na estrada. O *chauffeur* ficou para providenciar o conserto e tomar conta das malas. Depois de um dia de aventuras, conseguimos, sabe-se lá como, chegar aqui. Eu preciso de um quarto para nós duas.

Colocou sua bolsa, sempre muito chique, em cima do balcão. Abriu-a e entregou sua carteira de identidade ao homem da recepção. Este estendeu a mão, encantado.

A mãe de meu pai foi a avó mais bonita que eu já vi. Elegante e perfumada, até o dia em que morreu guardou tanto uma pele admirável como um caráter forte, mesclado com um gênio bondoso. Altiva, falava todos os "erres" e "eles" da boa língua portuguesa. Como mamãe, era louca por papai, seu filho mais velho.

— Vem cá minha neta — disse, puxando-me contra seu corpo assim que a porta do quarto se fechara atrás de nós. — Que pesadelo! Eu disse a ele que isso não acabaria bem!

Havia um lamento em sua voz. Ficamos abraçadas por um longo instante. Minha cabeça começou a girar. Lembrei-me de novo das histórias dos tempos de guerra que mamãe contava: em uma fuga, uma de suas parentas havia asfixiado sem querer o próprio bebê, de tanto apertá-lo contra o peito para não deixá-lo chorar.

— Vovó, para onde levaram papai e mamãe"

— Pelo que você me contou, eles foram presos. Devem ter sido levados para um quartel do Exército. Sabe-se lá o que estão sofrendo agora! E não foi por falta de aviso. Seu pai estava na mira faz tempo. Olha aqui, querida, todo cuidado é pouco, por isso viemos para este hotel. Os telefones têm escuta, as casas são vigiadas, o país está cheio de olheiros da polícia. Vamos fazer o seguinte: vou mandar trazer jantar para o quarto, fazer uma ligação sem importância para uma amiga, como se realmente fôssemos uma avó e uma netinha que tiveram um acidente na estrada.

— Eu não quero jantar.

— Querida — ela mudou de tom. — Eu não perguntei se você quer jantar. Nós vamos pedir o jantar. E eu... — fez uma pausa, que me preocupou. — Eu não queria lembrar a você que ele é meu filho antes de ser seu pai.

5

Imagine, contar minha história... Quando eu estava no ginásio e ainda estudava aqui no Brasil, fui a um festival de poesia patrocinado não por minha escola, mas por outra que ficava muito perto da minha. Quem abriu a apresentação foi um poeta alto, um príncipe de cores nórdicas, todo de negro, que começou: "Eu vim da geração das crianças traídas"... Ao final, ouvi um de meus colegas — muito feio, de óculos e com os ombros coalhados de caspa — dizer que o poeta não passava de um peido com lacinhos cor-de-rosa. Soube por acaso que esse colega, anos mais tarde, tornara-se cineasta, exilara-se na França e se matara em Paris.

E por que não escrever um livro escondida atrás de outro nome" Por meses, no passado, namorei essa idéia. Foi na época em que comecei a trabalhar em bancos. Todas as sextas-feiras, saía com os colegas para almoçar e ficávamos um bom tempo divagando em torno da idéia que eu havia plantado: escrever um livro que seria apresentado como a tradução de um original norte-americano. O núcleo da intriga seria a tesouraria de uma grande instituição financeira de Nova York.

Quando nem se falava nesse tipo de escândalo, num processo de criação comum e contínua, o grupo urdia um banco imaginário, envolvido em operações suspeitas, relacionadas a tráfico de armas e drogas (um pouco de guerrilha, quem sabe).

O presidente era conivente com o esquema, mas um dos diretores começa a desconfiar. Ele tem uma assistente, que passa a colecionar indícios das irregularidades. O chefe da mesa de captações, que mora com sua família num subúrbio chique e aparentemente tem um casamento perfeito, tem um caso secreto com um dos *trader*s, praticamente seu reflexo no espelho: também casado, morando com uma família idílica em um subúrbio ideal.

O título — que eu imaginava impresso em letras douradas em relevo sobre um fundo vermelho, acima de uma nota verde de dólar — seria "Valor de Face" (do pseudo-original Face Value). O título era meu, assim como duas das personagens: Erik, o diretor que desde o início desconfia da coisa, e Donna, sua assistente carreirista. O primeiro, um cinqüentão muito charmoso, que havia feito uma belíssima carreira em Wall Street, mas andava desiludido porque tinha sido traído pela mulher e todos sabiam. Bebia um pouco demais e se indagava a todo instante por que não mandar tudo às favas, dar uma de Hemingway e ir assistir touradas pelo resto da vida. Donna, a assistente, além de gostosíssima, era eficientíssima e safadíssima. Montada em superlativos, ela usa as provas que obtém em seu favor e extorque todas as promoções, aumentos e bônus possíveis, além de uma carta de apresentação para um novo emprego bem melhor, em outro banco, antes de o escândalo estourar.

Mesmo que recheasse essa trama, seu lado ruim era incontornável: havia muitas mãos no roteiro. Todos contando partes da história ao redor da mesa de almoço pareciam índios ao redor de uma fogueira invisível, trocando fantasias mágicas de vida curta, que desapareceriam em um sopro ao pagarmos a conta e partirmos. O pior era que esse mundo, que há uns quinze ou vinte anos parecia original, hoje corria o risco de ser algo sem graça. Escândalos financeiros e fraudes muito mais sofisticadas eram notícia de jornal.

6

Preparava-me para dormir. Tinha jantado e arrumado a cozinha. Acordaria bem no dia seguinte. Quase não sentia que havia machucado a cabeça.

Sobre o que eu poderia escrever" Poderia ser mais moderna e criar um *blog* sob o título "Confissões de uma filha do século". Mas *blog* não é coisa de gente moça" E com vergonha da apropriação de Musset, tirei rapidamente com água a espuma da pasta de dente da boca.

Nem deste século eu sou mais, penso entrando na cama. Sou do século passado, o curto século XX. Ecoa dentro de mim, como numa caverna, a afirmação da neurologista durante nossa consulta na noite anterior: *"É isso aí. Parabéns. O século XXI será das mulheres."*

Segundo uma das lições de História do ginásio, o século XVII tinha sido da Espanha, o XVIII tinha sido da França, e o XIX, da Inglaterra. Se eu continuasse a cronologia, o século XX seria dos Estados Unidos, e o século XXI" Será que realmente seria das mulheres" Um país chamado "Mulher"" Estaria aí a chave de meu livro"

Capítulo II

1

Era domingo e eu decidi passar o dia sem sair de casa. Nem telefone atenderia. Penteei os cabelos com cuidado para não puxar nenhum dos pontos. Desembaraçando os fios, eu continuava a pensar na questão de antes de dormir, ou seja, o século XXI como o século das mulheres. André Malraux achava que o século XXI seria religioso, sob pena de simplesmente não ser.

Minhas amigas se pareciam de certo modo comigo. Tínhamos nascido nos "novecentos", no período compreendido entre a criação da OTAN, no final de 1949, patrocinada pelos Estados Unidos, e a subida de Fidel Castro ao poder em Cuba, amparada pela União Soviética, uma década depois. Vivíamos nos corrigindo, umas às outras e a nós mesmas, quando fazíamos essa referência ao século passado, pois para nós a expressão definiria eternamente o século XIX. O longo, longuíssimo século XIX.

Fomos jovens no século XX, em uma época na qual a juventude, parece que pela última vez, juntou-se em torno da idéia da construção de algo novo. Como mulheres, contestamos os valores de uma sociedade machista, tivemos acesso à educação sexual, aos anticoncepcionais, ao estudo e ao trabalho. E quebramos tabus. É claro que tivemos nossas precursoras, que, como nas grandes navegações, descobriram as terras novas, fizeram as expedições iniciais e os primeiros levantamentos cartográficos. Foi nossa geração, porém, que veio colonizar esse mundo novo.

Como Mirandas exultantes de vida, saudávamos um bravo e novo continente. Desembarcamos, porém, com provisões e armas de validade vencida. Não sei se é verdade, mas ouvi que Jung teria escrito que todo homem carrega uma cauda de dinossauro imaginária atrás de si, herança dos ancestrais. Nós, *baby boomers*, carregávamos véus de sonhos que caíam de nossos chapéus cônicos invisíveis de fada: o véu vivia se enganchando, puxando-nos para trás, e dependíamos de forma crônica de alguém que viesse nos desvencilhar.

Ainda que em nossos ouvidos ressoassem, como uma Marselhesa, os acordes da guitarra de George Harrison saudando o sol nascente na madrugada de encerramento de Woodstock, no íntimo de nossas gavetas secretas, jamais abertas em frente ao público masculino, germinavam sementes plantadas em nossa infância, escapadas dos livros de Andersen e da condessa de Ségur.

Fomos a primeira geração a ter o condão da escolha. Mas, mocinhas, passávamos a nos restringir sigilosa e voluntariamente pelos fantasmas invocados, debaixo de secadores dos cabeleireiros de sábado à tarde, pela leitura de textos gótico-erótico-sentimentais, como aqueles publicados, aos pedaços, na revista *Querida*. Intoxicávamo-nos em segredo com os vapores de reinos e pântanos distantes. As batidas de nossos corações apressavam-se para acompanhar o ritmo do arfar dos seios das heroínas que protagonizavam dramas e aventuras descritos nos textos à nossa frente. Quem dessa época não se lembra de Angélica, a Marquesa dos Anjos, Senhora de Peyrac, e suas incríveis histórias?

Nessa questão, o público formado pelas garotas dividia-se esquematicamente em duas seções: as com grande sensibilidade e muita ambição intelectual, e as com grande sensibilidade e não tão grande ambição intelectual (contava muitas vezes, também, o ambiente familiar). Estas últimas assistiam aos filmes do Rock Hudson e da Doris Day, aos filmes românticos italianos, liam Poliana — Menina e Moça — e fotonovela, enquanto que as primeiras, além de fazer tudo isso sem muito alarde, dedicavam-se também às artes em grande estilo.

No começo da adolescência, tive um professor de literatura francesa que relatava, do seu jeito, a vida dos autores que considerava importantes (nunca tocara, por exemplo, na predileção sexual de Verlaine e Rimbaud), exigia que os alunos lessem trechos dos livros no original e que os traduzissem. Foi com ele que li *Madame Bovary* pela primeira vez. O texto dado foi o casamento de Ema. Até hoje me lembro da tradução improvisada em classe: "Ema gostaria de ter se casado à luz de tochas à meia-noite."

Sempre tive muita pena da Madame Bovary. Será que ela não via que seu marido, Charles, era-lhe inteiramente devotado" Ela podia administrar o dinheiro e a casa, decidir se bordava, tocava piano ou lia poesia. Para agradá-la, haviam mudado de Yonville para Toste, onde nascera a filha, Berthe, nome escolhido por ela. Mesmo antes dos gastos extravagantes com seus figurinos, Madame Bovary deveria ter tido uma bela estampa, caso contrário não seduziria Leon, mais jovem que ela. Charles permitia até que se divertisse, não se opondo a que dançasse com outro no baile, que andasse a cavalo com Rodolfo, seu primeiro amante, e que fosse regularmente a Rouen. Por que penar e se imolar, afinal, se tinha tudo para ser feliz"

Fui tocada profundamente por aquela frase traduzida, embora, naquela época, como rascunho de uma mulher liberada, eu rejeitasse a idéia de me casar um dia. Essa desaprovação, todavia, não implicava a abdicação de um amor avassalador por alguém muitíssimo especial.

O desconhecimento, até então, do romance de Flaubert não foi obstáculo para que eu captasse o universo oculto naquela frase do início do texto a ser trabalhado como dever de classe.

2

Emergi do sono em que havia sem querer caído, depois de voltar para a cama com os jornais de domingo. Não estava acostumada a dormir tanto. Deviam ser umas duas horas da tarde.

> "Hoje é domingo, pé de cachimbo,
> cachimbo é de ouro, bate no touro,
> touro é valente, bate na gente
> a gente é fraca
> cai no buraco
> buraco é fundo
> acabou-se o mundo"

Quem olha muito para o buraco acaba igual a ele. E, decididamente, eu não cairia em nenhum abismo nem o mundo se acabaria. Contornando essa tragédia, quarenta minutos depois, contrariando meus votos iniciais de que passaria o dia em casa, eu entrava para almoçar em um de meus restaurantes prediletos. Carregava na bolsa — na verdade, uma sacola de feira indiana, colorida como um arco-íris — três revistas novas para folhear durante os intervalos de espera: enquanto aguardava a mesa, o pedido, a sobremesa e a conta. Revistas, jornais, livros, enfim, qualquer coisa escrita são as companhias portáteis e mudas dos solitários que freqüentam restaurantes. Sinalizam que os desacompanhados estão simplesmente à procura de comida, não de companhia.

Vi, todavia, que não ficaria sozinha. Pelo menos desta vez. Do balcão do bar, onde a moça da recepção instalou-me tão logo eu cheguei, avistei duas amigas sentadas em uma das mesas ao lado da grande parede de altas janelas de vidro.

Ao mesmo tempo que eu avançava pela passagem que liga os dois ambientes, aquela que estava sentada de frente, A-divertida-de-cabelos-vermelhos, levantou um dos braços e acenou, dizendo, surpresa:

— Olá! Você não acreditaria se eu dissesse que telefonei para você duas vezes, na sexta-feira à noite, para convidá-la para este nosso almoço de domingo!

Minha outra amiga ainda teve tempo de virar-se e exclamar:

— Eu é que não acredito. Simplesmente não posso acreditar. Estávamos falando exatamente de você agorinha mesmo.

Era A-loira-muito linda-de-olhos-gateados.

— Só espero que bem — respondi ainda de pé, inclinando-me para beijar uma de cada vez e me sentando. Pelo jeito, elas já haviam terminado, porque na frente de cada uma havia uma xicrinha de café vazia.

— Eu estava dizendo para A-divertida-de-cabelos-vermelhos que eu adoraria fazer o vestido que você vai usar na festa de entrega do prêmio Madame-Empresa — disse A-loira-muito-linda-de-olhos-gateados. — Você sabe que não é exatamente a minha praia — deu um risinho maroto —, mas eu faria para você um vestido de noite de arrasar!

Esta última palavra foi dita sílaba por sílaba e pontuada com gestos ritmados de sua mão esquerda. Apesar de solteira, A-loira-muito-linda-de-olhos-gateados carregava no dedo anular três alianças. Eram de ouro em três tons diferentes e se encaixavam umas nas outras. Encimando essas alianças, um anel de ouro amarelo com desenhos geométricos — *art déco*, como ela explicava sempre — compostos por incrustações de brilhantes. Das pontas de seus cabelos tingidos de loiro-claro até seus calcanhares róseos e macios que despontavam na parte posterior de seu par de *mules*, dava provas de ser uma mulher bem cuidada. E ser uma mulher bem cuidada aos cinqüenta e tra-la-lá era o coroamento de esforços diurnos e noturnos a partir dos trinta.

Tinha uma pele viçosa, era magra, com todos os contornos bem definidos: tornozelos, coxas, quadris, cintura e seios. As linhas de seu pescoço e maxilares estavam intactas, resultado — segundo línguas invejosas — de plásticas muito bem-feitas, realizadas ano sim, ano não, a partir dos quarenta e cinco. Para mim, isso não diminuía seus méritos. Em última análise, ela era uma mulher bonita, porque as plásticas só caem bem nos casos em que as fundações são de primeira qualidade.

Além de linda, era materialmente bem-sucedida. A mais velha dos cinco irmãos, aprendeu a costurar com a mãe, que enviuvou cedo, depois que o marido morreu de cirrose, de tanto beber. Começou a trabalhar aos treze anos, como manequim de desfile de uma confecção de moda infanto-juvenil (sim, existia isso no final dos anos 60). Estudando sempre à noite, ajudou a mãe a criar os irmãos. Fez um curso de desenho de moda por correspondência. De modelo, passou a trabalhar na parte de criação, na mesma confecção. Nessa época, aconteceu o grande estouro dos biquínis e tangas. Ela teve a idéia de desenhá-los e entregá-los para a mãe costurar. Durante verões seguidos, ia todo fim de semana para a praia a fim de vender suas criações direto aos consumidores, que se divertiam pelas areias. No começo, sozinha, depois passou a levar as irmãs. O único irmão, o caçula, ficava em casa e ajudava a mãe nas costuras.

Ela não concebia simples biquínis: eles tinham recortes, transparências, bordados, passamanarias, às vezes apliques que se moviam com o andar. Crescendo a cada ano e incorporando a força de todos da família, em dez anos A-loira-muito-linda-de-olhos-gateados tinha sua própria confecção. Na década de 1990, ela diversificou a produção, passando a produzir toda uma gama de produtos de moda-praia. Atualmente, exportava para a Europa e Estados Unidos. Eu já havia comprado um maiô seu na Neiman Marcus, em São Francisco.

Obteve a categoria de *cult* quando, há dois anos, aceitou o convite de criar o figurino para uma montagem meio maluca de *O Navio Fantasma*, em que o diretor resolveu adaptar o drama — originalmente passado em uma aldeia no litoral da Noruega — para o calçadão de Copacabana, no Rio de Janeiro.

No meio de tudo isso, porém, teve uma longa e malsucedida paixão por seu primeiro patrão, coincidentemente o primeiro homem de sua vida. Era o dono da fábrica em que desfilava. Depois de A-loira-muito-linda-de-olhos-gateados viver muitos anos "combatendo à sombra" — como eu dizia — a mulher do fulano morreu em duas semanas, como resultado de uma leucemia galopante. Como ele era judeu, A-loira-muito-linda-de-olhos-gateados pôs-se a estudar judaísmo e a preparar sua conversão, na esperança de se casar e passar um sem-número de *sabbaths* ao lado de seu Davi. Mas não teve *mazeltov*. O cabotino foi levando a história até o dia em que comunicou que iria casar com outra, da colônia, "só para atender ao pedido dos filhos". Óbvio. O chão se abriu sob os bem tratados pés de A-loira-muito-linda-de-olhos-gateados (como ela aprendera ter ocorrido outrora com o Mar Vermelho, obedecendo ao comando do cajado de Moisés, para que a raça eleita fugisse do Egito). Corajosa que era, pirulitou-se para Paris. Lá, chegou a estudar com Madame Berçot.

— Vou usar alguma coisa que eu já tenho — respondi. — Para ficar... assim.... com um ar *vintage*.

— Desculpe-me interromper. O que a senhora quer" — perguntou o jovem garçom que estacionara a meu lado.

Juro que pensei em responder: "Eu quero escrever um livro." Mas, me segurei. Em vez disso, pedi, sem olhar para o cardápio que me era estendido:

— Uma salada de folhas verdes com pêra, lascas de queijo e pedaços de frango grelhado com gergelim e molho oriental.

— E para tomar"

— Agora, um Virgin Mary. Quando vier o prato, vejo se quero mais alguma coisa.

Seu ar de papai-sabe-tudo dissolveu-se em uma expressão apatetada. Antes que ele se manifestasse, completei:

— Um Bloody Mary sem vodca: um suco de tomate bem temperado.

— Não agüento mais essa moda de contratar garotos e garotas para atender em restaurantes! — exclamei assim que ele se virou de costas. — Que saudades daqueles garçons eficientes que vestiam jaquetão branco, falavam macio e eram quase invisíveis, quando não necessários. Essa moçada de agora dá de se plantar ao lado das mesas como um dois-de-paus e ficar recitando, como se fosse um monólogo clássico, as especialidades do dia e a carta de vinhos.

— Querida, deixa de ser mal-humorada — interveio a A-divertida-de-cabelos-vermelhos, ao lado de quem eu havia me sentado. — Olha só a bundinha do moço: parecem duas carolinas, de tão redondinhas.

— É que fui assaltada na rua há dois dias. Não me levaram nada, mas machuquei a cabeça. Os pontos estão debaixo dessa faixa que coloquei para prender o cabelo.

— Não me diga! — disse surpresa A-loira-muito-linda-de-olhos-gateados, mirando os olhos na direção da faixa que eu havia mencionado (eu tinha aprendido a usá-la dessa forma na primeira vez que fui a uma estação de esqui).

A voz de A-divertida-com-cabelos-vermelhos vibrou em eco:

— Não! Conta como é que foi — continuou apreensiva esta última.

— Eu prefiro não falar no assunto, porque meu prato está chegando.

— Depois dessa, aproveito que o garçom está aqui para pedir mais uma taça de *prosecco* — falou A-divertida-de-cabelos-vermelhos, fixando seus olhos gulosos na boca do garoto.

Estava escrito em sua testa que ela gostava, segundo ela, "de namorar". Como se depois dos cinqüenta ainda se namorasse. Não cairia melhor dizer ter amantes, fazer sexo, fazer amor ou simplesmente se esfregar"

A verdade é que eu não poderia ser tão dura com uma de minhas mais fiéis amigas. A-divertida-de-cabelos-vermelhos era generosa e prestativa. Será por que tinha estudado em colégio de freiras" Formara-se em Psicologia e tinha uma bela carreira acadêmica. Publicava artigos, ia a seminários, organizava grupos de estudos e ainda achava um tempo para clinicar. Eu a conheci havia muitos e muitos anos, na época em que voltei definitivamente para o Brasil. Nos apresentamos e trocamos cartões em uma festa. Ela havia me prometido o nome de um analista bárbaro. Telefonei depois da festa para ela, acabei nunca procurando o tal analista, mas ficamos amigas.

Ela não era muito alta. Vivia apostando contra a balança, perdendo e ganhando peso. Independentemente da estação. Ultimamente, usava os cabelos vermelhos mais curtos, sempre anelados. Seus olhos castanhos cintilavam quando o assunto era homem.

Antes de eu terminar de comer, já havíamos decidido que iríamos juntas, em seguida, visitar A-amiga-comum-que-também-era-dentista. Para mulheres desacompanhadas, esse não era um programa incomum nas tardes de domingo.

De pé, em frente ao restaurante, enquanto esperávamos os carros (é claro que cada uma tinha vindo com o seu), A-loira-muito-linda-de-olhos-gateados voltou a tocar no assunto do vestido que eu usaria na festa da minha premiação:

— Olha, como já falei, estou pensando em ir com alguma coisa que eu já tenha. Por exemplo, um Issey Miyake do começo dos anos 80, que eu só usei duas vezes... — A-loira-muito-linda-de-olhos-gateados interrompeu-me:

— Nem pensar naqueles panos, naquelas preguinhas, naquelas cores escuras. Olha: você tem que se valorizar. Seu corpo, seu rosto. Para começar, usar e ousar nas cores, está me entendendo" Por isso, eu estava imaginando... sei lá... algo leve, claro, vaporoso e bem feminino.

— Ela tem razão. Colocar em evidência que é uma mulher que está sendo premiada. Larga essa mortalha para trás, completou A-divertida-de-cabelos-vermelhos, piscando para mim seu olho esquerdo.

Enquanto entrávamos cada qual em seu carro, lembrei-me do homem de capa preta, meu algoz da noite anterior.

3

Na manhã seguinte à noite da prisão de meus pais, vovó acordou primeiro. Chamou-me e fomos tomar o café da manhã no restaurante do hotel.

— É melhor do que ficarmos isoladas do mundo, enfurnadas no quarto — disse ela. Circulando, podíamos ouvir algo. Ou ler alguma coisa nos jornais. Após o café, partimos a pé em direção ao escritório de seu irmão, que tinha uma corretora no centro da cidade, não muito longe do hotel em que estávamos hospedadas.

Quando chegamos, ele já estava lá. Recebeu-nos disfarçando, como podia, sua surpresa em nos ver ali, àquela hora da manhã. Sua expressão foi ficando cada vez mais séria, conforme vovó avançava em seu relato sobre o que havia acontecido na noite anterior.

— Que descalabro! — balbuciou afinal, com os olhos bem abertos, dirigidos para um ponto invisível, perdido entre os livros da estante de madeira escura que ficava ao lado de sua mesa de trabalho. Passou a mão sobre a testa e voltou os olhos em nossa direção, tentando recuperar a calma que fazia questão de nunca perder.

— Mano — disse vovó com a autoridade que a posição de mais velha lhe garantia, nós não temos tempo. Sinto que a cada minuto que passa as coisas tendem a piorar. É como se aumentasse a distância entre mim e meu filho. Não sei como lhe explicar.

— Eu sei, eu sei, mas agora vocês vão deixar esse assunto comigo. Voltem para o hotel e me esperem. Passo para pegá-las para almoçarmos ao meio-dia e meia. Até lá, terei alguma posição. Preciso primeiro pensar e depois dar alguns telefonemas e me organizar. Fiquem as duas tranqüilas que farei o que puder. Por favor — terminou ele, levantando-se e abrindo a porta.

Acompanhou-nos em silêncio até a porta do elevador. Despediu-se dando um beijo na testa de cada uma.

4

Vovó decidiu que iríamos à igreja antes de voltar para o hotel. Havia várias ali por perto. "Como aquilo tudo era complicado", pensei.

Na igreja, onde não havia ninguém além de nós, olhei para o rosto de vovó, que fazia o sinal-da-cruz e se ajoelhava no primeiro banco, bem perto do altar. De olhos fechados, as mãos unidas em prece, seus traços tinham assumido um ar compenetrado. Mas nem por isso sua expressão havia ficado pesada. Cobria-lhe as feições um véu de abandono, de entrega. Por um momento, senti inveja de seus gestos e de sua fé. De verdade, eu queria estar no lugar dela.

Seus lábios moviam-se muito discretamente ao balbuciarem suas preces. Esqueci de tudo o que havia lá fora e das razões que nos haviam levado para dentro daquela igreja. Resolvi imitá-la. Ajoelhei-me a seu lado, fechei os olhos e, sob o olhar de todas aquelas imagens de santos e santas, de muitos dos quais nem sabia o nome, comecei a rezar.

A fé da minha infância: pensei na confiança que despertavam em mim as feições rosadas das crianças que brincavam sob o manto iluminado de Cristo e de Nossa Senhora nos cromos distribuídos pelas freiras de minha escola primária; nas cores pastel das túnicas dos anjos da guarda estampados nos cartões que meus avós poloneses me mandavam do Sul, na Páscoa e no Natal; no sentimento doce que me envolvia todas as vezes em que, às vésperas da minha primeira comunhão, olhava as ilustrações que enfeitavam meu primeiro e pequeno livro de orações.

Perdi a noção de quanto tempo ficamos ali ajoelhadas. Só sei que, quando saímos, em poucos minutos estávamos no saguão do hotel. Meu tio já estava lá a nos esperar.

5

Ele nos levou a um de seus restaurantes favoritos, na frente de uma praça onde havia várias barracas em que se vendiam flores. Entrou dando o braço para cada uma de nós, ele no meio e uma de cada lado. Eu podia sentir o cheiro fresco de sua lavanda e o macio do tropical inglês da manga de seu paletó. Saudou os garçons pelo nome e nos sentamos em uma mesa de onde eu podia ver o movimento e as cores da rua.

Fizemos os pedidos. Ele esperou que quem nos estava atendendo se afastasse e então começou a falar:

— A situação está complicada. Telefonei para o chefe de Estado-Maior do II Exército, que por sinal se dá muito com nosso primo Juquinha — começou, olhando para vovó. — Ele me garantiu que de lá não saiu ordem nenhuma. Falei com o chefe do DOPS, um homem muito fino, que também me afirmou não saber de nada. O que eu sei é muito pouco, mas é o seguinte — fez uma pequena pausa enquanto mastigava um pedaço de cenoura do *couvert* —: desde o fim do ano passado, existe um órgão encarregado de fazer "uma limpa", como eles dizem. É para acabar com guerrilheiros, prender assaltantes de banco e dar um fim nos comunistas.

— Meu filho não é guerrilheiro, não é assaltante nem comunista — disse vovó, com a voz indignada. — Ele é um advogado que cumpre com os deveres de sua profissão.

— Isso eu sei. Mas agora me escuta. Esse órgão, porque eu não sei com que outra palavra eu poderia a ele me referir, foi montado com dinheiro dado inclusive por bancos e muitas indústrias. Pelo que escutei, até a Fiesp entrou nessa história. É a OBAN, Operação Bandeirantes. Em tese, é subordinada ao Exército. Mas vejam, só em tese. Esta manhã, a chefia do II Exército não sabia de nada, e ontem mesmo, na noite em que prenderam seus pais — disse voltando-se para mim —, prenderam a mulher de um general. Parece que eles não prestam contas nem dão satisfação a ninguém.

— E onde fica isso, tio"

— Estranhamente, o DOI-CODI ou a OBAN, como você quiser, fica no Paraíso. Ao lado da delegacia da Rua Tutóia — respondeu ele, desta vez sem olhar para mim.

— Esta tarde vou continuar com meus contatos. Marquei, por volta das seis, um uísque na casa de um conhecido que disse ter sido sondado para fazer sua doação.

Isso quer dizer que ele já deu o dinheiro. Ninguém é abordado sem se sentir intimado a cooperar. Vou conversar com ele para ver se descubro mais alguma coisa.

— Quer dizer que não sabem para onde levaram meu filho e minha nora"

— Nós vamos descobrir. Assim que vocês saíram da corretora, esta manhã, telefonei para a casa do advogado que é sócio de seu filho. Contei que alguma coisa de muito estranha tinha acontecido ontem à noite e aconselhei que ele saísse de circulação, até segunda ordem. Mas pedi-lhe que deixasse gente no escritório para atender os telefones e com ordem expressa de me contar tudo o que acontecesse por lá. Antes de vir para cá, deixei um recado para o presidente da Ordem dos Advogados aqui de São Paulo. Vamos ver se ele pode fazer alguma coisa.

— Meus pais estão em perigo, não é, tio"

— Acredite em Deus, minha filha — interrompeu minha avó.

O almoço vinha chegando. Enquanto éramos servidos, meu tio-avô perguntou-me sobre o colégio e eu respondi que ainda estava de férias. Ele se interessou em saber em que série eu estava e eu respondi que havia passado para o primeiro colegial. Ele me disse que me devia um presente pela formatura do ginásio.

— Mandei meu motorista ir até sua casa e ver como as coisas estão por lá. Tirando a empregada, que estava com os olhos inchados de tanto chorar, parece que não há novidades. — Vi quando ele piscou duro olhando para vovó, como se estivesse enviando-lhe algum sinal.

— Em todo caso, acho que você não deve voltar para sua casa. Fique com sua avó até seus pais voltarem. Será por pouco tempo, tenho certeza. Você mesma disse que estará de férias até março, não é mesmo"

— Minha neta, minha casa é sua também. E você até me fará companhia.

— Se ela insistir mais um pouco, até eu me mudo para lá — disse meu tio, sorridente.

Enquanto ele abocanhava um naco de seu suculento filé, incrivelmente malpassado e embebido em um molho de manteiga e estragão, olhando-o de perfil, pensei ter visto um brilho em seu canino, que se destacava dos outros dentes por ser ligeiramente mais longo.

— Então, podemos deixar o hotel e voltar para casa" — perguntou incisiva minha avó.

— Tenho certeza que sim. Foi prudente da sua parte passar a noite lá com a menina, mas não há necessidade de continuar. O general amigo do Juquinha garantiu que não há nada com relação a vocês e que por isso estão seguras.

— Quer dizer que eles têm contra papai e mamãe"

— Isso eu não sei, minha querida. Mas seu velho e bom tio, irmão de sua querida avó, quer dizer duas coisas para você. Em primeiro lugar, que nós te amamos.

Você é nosso sangue e poderá sempre, mas sempre mesmo, contar conosco, comigo e com sua avó. Em segundo, que você é uma garota forte. Sua mãe não é filha de poloneses"

— Poloneses de Czestochowa. Lá eles são católicos, verdadeiramente católicos. É a terra da Virgem, rainha da Polônia. Não é porque estão submetidos atualmente à União Soviética que são comunistas, afirmei com a ênfase necessária para uma defesa.

— Não precisa dizer isso para mim. Eu sei que a família de sua mãe é de gente muito boa. Por acaso, sua mãe já lhe contou a história dos generais poloneses"

— Os que defenderam Czestochowa dos suecos"

— Não, um feito muito maior, a grande vitória em Viena! No século XVII, a Europa não sucumbiu inteiramente aos turcos devido à audácia dos generais poloneses. Em 1683, a capital da Áustria estava sitiada havia meses pelas forças do Império Otomano. Devastados pela fome, os vienenses estavam à beira da rendição. Quando parecia não haver mais esperanças, surgiram, em desabalada carreira, os valentes oficiais poloneses, comandados pelo próprio rei, João Sobieski. Pegos de surpresa, os muçulmanos fugiram depressa, deixando tudo o que haviam trazido. A pressa foi tamanha, que deixaram até pequenas chaleiras, onde, ainda quente, descansava a bebida que costumavam tomar para se sentirem mais animados antes das batalhas. Acredite, era o café. Devemos à bravura dos generais poloneses duas grandes coisas: o café, como contei, e o *croissant*. O confeiteiro real, depois da debandada dos turcos, para festejar a libertação, preparou — com a massa folhada usada nos doces árabes — pequenas meias-luas, obedecendo ao formato do crescente da bandeira otomana. Filha, preste atenção: uma parte desse sangue corre em suas veias. Lute como lutaram seus antepassados. E vamos pedir a sobremesa!

Nem eu nem minha avó estávamos satisfeitas com o resultado de nosso almoço. Mas meu tio-avô parecia estar cumprindo o que prometera: fazer tudo o que estava a seu alcance para descobrir o paradeiro de meus pais. E se esforçava em nos animar e confortar, se é que isso era possível.

Meu tio pediu que o motorista o deixasse no escritório e nos levasse para a casa de vovó, passando pelo hotel para acertarmos a conta. Quando saiu do carro, despediu-se soprando de longe um beijo para nós. Com o polegar da mão direita apontando para cima, jovial, ele ainda exclamou:

— Vida longa para os generais poloneses!

6

Eu disse que queria falar com o oficial de plantão. Passei sem problemas pela sentinela e pelo funcionário sentado à mesa em um dos cantos do saguão de entrada. Quando perguntaram o que eu queria, nas duas vezes respondi que o assunto era particular, da parte de meu tio-avô, declamando de forma pausada seus sobrenomes sonoros associados a nomes de avenidas, viadutos e ruas.

Na recepção, depois de uma curta espera, outro funcionário pediu que o acompanhasse. Tirando o sentinela da entrada, não vi mais ninguém fardado. Esse segundo funcionário levou-me a uma sala e disse-me para sentar. Pediu que eu esperasse.

Não havia nada sobre as paredes. Como mobília, uma escrivaninha de aço, colocada de frente para a porta, com duas cadeiras de madeira à sua frente. Sobre ela, só uma garrafa de água com um copo emborcado sobre o gargalo; atrás dela, uma terceira cadeira, também de madeira, com braços e encosto alto. Sentei de costas para a porta e coloquei minha bolsa sobre a cadeira ao lado. À minha direita, escondendo a janela, persianas descidas que mesmo fechadas deixavam escapar pelas frestas um pouco da luz que vinha de fora, da tarde de verão.

Até aí tinha sido fácil. Enquanto esperava, eu me convencia de que tinham ido avisar a papai e mamãe que eu os estava procurando. A qualquer momento eles abririam a porta e sorririam para mim, sãos e salvos.

A garrafa d'água suava, coberta de gotinhas. "Deve estar gelada" — disse para mim mesma — "e ter sido posta na sala há pouco" — concluí. "Este lugar não devia ser para interrogatórios, mas para receber... o quê"" — empaquei. Não recebiam visitas na OBAN, eu estava cansada de saber, mesmo antes do almoço de ontem com vovó e meu tio-avô. Isso porque ouvia as conversas de meus pais e de seus amigos.

Eu tinha demorado para me arrumar. Queria aparentar mais idade. Prendi os cabelos, fazendo um coque na nuca. Coloquei brincos que eram semi-esferas douradas, uma de cada lado do rosto. Pintei meu rosto, reforçando a dobra das pálpebras com sombra castanho-escura, fazendo contraste com minha pele clara. Passei duas camadas de rímel e penteei as sobrancelhas para cima. Desenhei a boca com lápis, preenchi com batom e arrematei com brilho. Parecer mais velha fazia me sentir segura. Embora adolescente e sem ser absolutamente loira (era apenas relativamente loira), meu modelo, nessa época, era a atriz Catherine Deneuve, uma mulher madura sempre belíssima e discreta. *Racé*. A pressão dos fechos dos brincos me incomodava um pouco, mas esse desconforto não deixava de ser bom, pois era um alerta: a todo instante, lembravam-me de que eu estava em uma missão de cuja existência só eu sabia e de cujo sucesso dependia a segurança de meus pais. Passeando os olhos sobre a escrivaninha, divisei uma placa na qual estava escrito "Fiel", ao lado da cara de um cão policial.

Havia quinze minutos eu esperava naquela sala. A porta de repente se abriu, sem que eu escutasse o ruído dos passos se aproximando. Levantei e virei-me: Dentro dos sapatos e das meias de *nylon*, meus pés começaram a suar.

— Boa tarde — disse o homem que entrou. Nunca soube descrevê-lo. Jamais pude reviver em minha memória nem seu rosto ou sua voz, nem sua estatura ou qualquer outro detalhe.

— Boa tarde.

— A que devo a visita" — perguntou ele, contornando a escrivaninha e sentando-se atrás dela.

— Vim buscar notícias de meus pais, que desapareceram de casa anteontem à noite.

— Mas por que aqui, minha flor" — disse, estendendo seus braços sobre os da cadeira, fazendo-a balançar para a frente e para trás com o peso do corpo, equilibrada em suas duas pernas traseiras. Até então, na medida em que todo o absurdo da situação permitia, eu estava bem. Porém, não estava gostando do jeito como ele se dirigia a mim. Resolvi não demonstrar, sob o risco de pôr tudo a perder.

— Eu sei que para cá são trazidos os presos políticos.

— E como uma moça bonita como você pode ter pais que são detidos por motivos políticos"

Notei que eu estava sendo inábil em encaminhar a conversa.

— Eu sei que eles podem ter sido trazidos para cá.

— Que mais você sabe, princesa"

— Eu sei que esse tipo de prisão é contra a lei, porque é feita sem ordem judicial.

— Ah! E o que mais"

De tão suados, meus pés agora pareciam nadar dentro dos sapatos. Antes que eu falasse, ele levantou e foi até a porta. Eu não me mexi para olhar, mas, pelo barulho da chave que girou na fechadura, adivinhei que ele trancara a porta às minhas costas. Novamente, contornou a mesa com calma e sentou-se na cadeira de espaldar alto. Olhava fixamente para mim. Comecei a ouvir meu coração martelar nas têmporas.

— Quer um pouco d'água"

— Por favor — respondi, com uma voz que mal saiu da boca.

— Está fresquinha, porque eu pedi que a trouxessem para cá agora há pouco — disse ele, enquanto enchia o copo e o estendia por cima da mesa para mim.

Peguei o copo com cuidado, para não relar em suas mãos. Só aceitei a água para ganhar tempo e pensar o que faria em seguida. Coloquei o copo vazio sobre a mesa.

— Obrigada.

— Agora é a minha vez. Como não há outro, vou ter que beber no que você usou. Sabe que quem divide o copo acaba descobrindo os segredos do outro"

Não esperou a resposta. Tomou a água em goles grandes, inclinando gradativamente a cabeça para trás. Como se eu fosse dotada de uma visão especial, podia enxergar a água descendo por sua garganta, acompanhando o para-cima-e-para-baixo de seu pomo-de-adão, cada vez que ele engolia. Notei a forma de seus lábios impressa nas bordas de vidro quando ele colocou o copo sobre o tampo de aço contra a luz.

— E aí, lindinha, eu já descobri seus segredos. Você não quer escutar os meus agora"

— Isso é bobagem.

— Você acha mesmo"

Peguei minha bolsa, mas, antes que me levantasse, ele disse, erguendo a voz:

— Senta.

Eu obedeci e fiquei imóvel.

— Você sabia que eu desejei você assim que a vi descer daquele táxi, meia hora atrás"

— Eu vim aqui falar de meus pais

— Nós vamos falar deles, só que depois. Agora eu quero falar de nós dois. Estou dizendo, minha linda, que meu pau ficou duro só de olhar para você.

Eu achava que não podia mais respirar, tal a pressão do sangue dentro de mim. Ele levantou, deu meia-volta na mesa, chegou até a segunda cadeira. Puxou-a um pouco de lado, tirou minha bolsa e sentou. Com as duas mãos, agarrou minha cadeira pelas pernas e moveu-a, para que ficássemos face a face. Tomou meu rosto entre suas mãos:

— Quero ver essa boneca bem de perto.

Eu não sabia para o que olhava. Não via o rosto que me fitava. Era como se olhasse para dentro do nada. O abismo onde acabava o mundo, daqueles versos de minha infância. Só notei que nossos joelhos estavam se tocando.

— Vou chegar mais perto para sentir o cheiro da sua pele.

Ele inclinou o corpo em direção ao meu, mas continuava sentado à minha frente. Senti que passou seu nariz a milímetros da minha testa e dos olhos, descendo pelas maçãs do rosto e pela boca. Farejou toda a linha dos maxilares, de um lado a outro do queixo. Por ele se inclinar cada vez mais em minha direção, eu sentia a força de seus joelhos pressionando cada vez mais os meus.

— Deixa eu soltar seu cabelo"

Muda, senti que ele apoiava os braços sobre meus ombros e com os dedos passava a tirar, um a um, os grampos de meu coque, arremessando-os na direção das suas costas, contra as persianas, e causando repetidos estalidos metálicos. Quando tombaram soltos, ele pegou meus cabelos com as mãos, puxou minha cabeça em sua direção e começou a beijá-los.

— Que cabelo lindo você tem. Senta aqui no meu colo para eu poder agradar você melhor.

— Não — consegui falar alto, como quem quebra o encantamento mudo de um pesadelo.

Sem parar de alisar meus cabelos, e agora descendo as mãos para o pescoço e indo até a nuca, ele falou de novo, alterando a voz, mas sem gritar:

— Eu não chamei você. Veio porque quis. Quer ver seus pais" Acontece que eu mando aqui. É muito simples: o negócio é que eu quero meter em você e você quer seus pais. Eu não negocio assim com todo mundo. Tem gente que nem entra e já está apanhando. Estou sendo educado. Tem uma tigrada por aqui que pegaria aquela garrafa e enfiaria no seu rabo, garota. Eu não: me entesei por você.

Pela nuca, puxou-me em sua direção e beijou minha boca. Eu cerrei os dentes.

— Amor, parece que você não entendeu. Eu não quero bater em você. Só quero comer você gostoso e ver você gozar. E você vai gostar. Eu sei que vai. Se quiser ver papai e mamãe de novo, vai ter que gostar.

Dizendo isso, colocou minha mão no meio de suas pernas. Senti seu pênis por debaixo da roupa.

— Agrada com jeito, que o gênio acorda para fazer você feliz — sussurrou, numa voz nasalada.

De novo, puxou-me e beijou-me. Abri minha boca e senti sua língua entrando e saindo, passando por cada canto, agradando minha gengiva, a ponta de meus dentes, e se enrolando com a minha.

— Está vendo como a gente pode fazer bem um ao outro"

Enquanto isso, ainda sentados de frente, ele começou a passar as mãos em minhas pernas, descendo pelos joelhos, tornozelos, até chegar ao peito do pé.

— Mas o que é isso" Seus pés estão gelados. Não precisa ficar com tanto medo assim.... Eu não sou o lobo mau. Calma,..... e colocou as mãos sobre meu vestido, no lugar dos seios.

Endureci o corpo.

— Adivinhei, meu bem. Escutei a voz do seu coração: você é virgem"

Até hoje não sei por que sinalizei com a cabeça que sim.

— Está explicado. Sexo é bom, benzinho, muito bom. Ainda mais com quem sabe fazer.

Ele voltou a me beijar na boca. Ajoelhou-se, tirou meus sapatos, envolvendo meus pés com suas mãos. Com um dos ombros, empurrou um de meus joelhos. Assim que se afastou, apartou meus pés, seguros entre suas mãos. Com a cabeça, levantou a saia do meu vestido e começou a beijar a parte de meu corpo sob minha calcinha. Tirou suas mãos dos meus pés. Elas subiram e acarinharam a pele descoberta em cima do final da meia, sob a cinta-liga. Um de seus dedos atravessou o elástico sobre minha virilha e começou a me acariciar por dentro.

— Você também quer, não é, meu amor" Minha noivinha! — e deu um gemido, enquanto com as duas mãos tirava a minha calcinha.

Ajoelhado, seu rosto desapareceu no meio de minhas coxas. Eu comecei a sentir, no começo, seus beijos no meu púbis. Depois, a ponta da sua língua delineando meus contornos mais secretos para depois mergulhar, inteira, dentro de mim. Os dedos de uma de suas mãos me abria, enquanto com o indicador de sua outra mão ele acariciava meu umbigo.

Eu queria esquecer que, quando dei por mim, segurava sua cabeça e sentia seus cabelos entre minhas mãos. Ele levantou a face e procurou minha boca. Nos beijamos. Ele levantou e estendeu as mãos para mim. Abraçou-me. Demos alguns passos assim juntos até batermos de encontro à escrivaninha. Segurando-me com um braço, com o outro, sem que eu visse, pegou a garrafa, jogando-a para longe, contra a parede. Escutei o barulho de vidro estilhaçado. Em seguida, foi a vez do copo. Empurrou-me para cima do móvel. Meu tronco foi jogado sobre ele, com as pernas pendidas para fora. Ele colocou-se de pé entre elas. Segurando firme minha cintura, levantava ligeiramente meu corpo.

— Vem, minha gostosinha, que é só isso que existe de bom na vida.

Ele se jogou para dentro de mim.

— Mexe, benzinho, para eu fazer você gozar com meu caralho de ouro bem enterrado nesse seu corpinho.

De repente era o ardor, o grito, o fogo, o aço, a torre que queimava e a muralha que caía.

Rapidamente, ele me enlaçou com seus braços, suspendendo-me da mesa.

— Me abraça, macaquinha, me abraça forte com essas suas pernas.

Com as mãos, trazia e empurrava meu corpo, ritmicamente, para perto e para longe do seu.

— Agora você é minha. E vai ser sempre assim.

Colocou-me de volta na mesa e, com uma expiração pesada, soltou-se contra mim, com um baque. Eu não tinha idéia do que fazer debaixo daquele peso.

— Fica quieta, meu anjo, que ainda não acabou — disse baixinho, parecendo que lia meus pensamentos.

— Vem cá — disse, levantando-se e andando uns poucos passos para trás, segurando-me pelas pontas dos dedos. — Fica de quatro no chão.

Eu olhei para ele sem entender.

— Não liga para os cacos. Eles estão no outro lado da sala. Fica de quatro, estou mandando.

Quando dei por mim, sentia seu corpo colado atrás do meu. Meus joelhos desamparados obedeceram, e eu apoiei as duas mãos no chão.

— Não é isso que vocês mulheres querem" Mais, mais, sempre mais!

Afastou de modo inumano minhas pernas vencidas.

— Que bunda de seda, disse, ao mesmo tempo que eu me sentia apenas um corpo cortado.

Era um relâmpago que me perpassava as costas, semidescobertas pela saia levantada.

— Anteontem, no final da tarde, sem que você percebesse, eu vi você chegar de viagem com seus pais, doçura. Gamei na hora, só de ver esse seu jeitinho de menina fina. Fiquei triste quando você não desceu com seus velhos. Mas chamei você por pensamento, e ele é forte: eu tenho duas cabeças, está sentindo" — Afagava com uma das mãos os meus seios, e com a outra a parte inferior do meu ventre.

Com um uivo, desabou sobre meu corpo. Tudo foi embrulhado por um silêncio para mim desconhecido. Era como se a vida estivesse em suspenso. Ela recomeçou a correr acionada por uma voz descontrolada que comandava:

— Entrou vivo, não pode sair morto! Entrou vivo, tem que sair vivo! Toca para o Hospital das Clínicas.

— Levanta e vai embora. Foi só o que ele disse, quando saiu indiferente de cima de mim.

Muitos anos depois, fiquei sabendo que aqueles gritos tinham sido dados depois que descobriram que um dos presos, torturado durante horas, havia tentado o suicídio com a lâmina de barbear que lhe fora emprestada por seu carcereiro. O frei Tito de Alencar.

Procurei minha bolsa, vesti minha calcinha e calcei os sapatos. Como num milagre, percebi que estava andando na rua. O menos importante era que eu estava com um único brinco, com os joelhos esfolados e a meia desfiada. Como uma sonâmbula de cabelos longos e soltos, andei sempre em frente, atravessando uma porção de ruas (uma delas, por ironia, com o sobrenome da família de meu tio-avô).

"Onde estavam os generais poloneses"", perguntei a mim mesma entre lágrimas, sentindo o mais íntimo de meu ser latejar, com uma goma a escorrer pelas coxas. A resposta não vinha, mas imagens passavam confusas por minha cabeça. Salgueiros invisíveis balançavam seus ramos inexistentes pelos caminhos, e Ofélias lívidas esgueiravam-se nos reflexos dos faróis dos carros.

Sempre andando, não sei a que horas cheguei à casa da minha avó. Ela já me esperava para o jantar.

— Filha, onde você estava" Vovó estava preocupada. Eu não tinha o que responder.

— Com meu namorado, vó!

E corri para me trancar no quarto que passara a ser meu em sua casa.

Capítulo III

1

Elas já haviam chegado e aguardavam por mim em frente à porta do prédio em que morava A-amiga-co-mum-que-também-era-dentista. Subimos juntas. Óbvio que nos olhando no espelho do elevador.

Eu havia prometido para mim mesma, dezenas de vezes, não me olhar nos espelhos dos elevadores. Não era por nenhuma superstição, embora, quando eu fosse pequena, eu tivesse visto um filme em que um demônio (e não Alice) morava dentro de um deles. Nos elevadores, o problema não chegava nem a ser com os espelhos propriamente ditos, mas com a luz branca que normalmente ilumina esses recintos. Como nas cozinhas. A mulher está deslumbrante, recebendo para um jantar a dois, de preferência embelezada pelo efeito da luz doce das muitas velas. Se, por acaso, tem que ir à cozinha, fica parecendo uma ressuscitada.

Enquanto o elevador subia quatro andares, A-loira-muito-linda-de-olhos-gateados reforçou o batom, que já havia sido retocado no restaurante. Eu ajeitei de novo a faixa com que prendia os cabelos e disfarçava os pontos na cabeça. Por sua vez, A-divertida-de-cabelos-vermelhos deu um sorriso escancarado e o congelou na frente do espelho, conferindo, em seu reflexo, se entre os dentes, todos muito alvos (brancura essa que não só ela mas todas nós devíamos à Amiga-comum-que-também-era-dentista), não havia resquícios do almoço. Engraçado, porque ela tinha ido ao banheiro no restaurante, onde — suponho — já teria cumprido esse ritual.

A-amiga-comum-que-também-era-dentista abriu a porta e acolheu-nos com grandes abraços. O que a destacava era sua altura, acima da média, e o fato de ser encorpada, sem ser gorda. A menos vaidosa do grupo, será" Apesar de ser a responsável pelo clareamento de nossos dentes, os seus, bem tratados e naturalmente alinhados, tinham a coloração marfim. E não era só isso; ela era diferente do grupo em outros aspectos, como, por exemplo, pelo fato de haver se casado duas vezes e ter tido duas filhas.

Da primeira vez, ficara viúva depois de dois anos de casada. Havia se casado com um colega no último ano da faculdade. Ele era da Atlética e voltava de uma competição no interior, quando morreu em uma batida contra um caminhão desgovernado. Não tinham tido filhos.

Muito moça e apaixonada, sofrera demais. Casou-se pela segunda vez anos mais tarde, teve duas meninas e separou-se. Daí para a frente, sua vida era testemunhada pelas fotos em porta-retratos arranjados sobre todos os móveis da sala: as meninas soprando velinhas em cima de bolos de aniversário, fantasiadas no carnaval, sorrindo de mãos na cintura à beira do mar, fazendo caretas com orelhas de Mickey na Disneyworld, montadas em cavalos — já um pouco maiores — e sentadas dentro de um jipe sem capota — maiores ainda. A-amiga-comum-que-também-era-dentista tinha realizado a façanha de educá-las sozinha, uma vez que o marido, depois da separação, quando elas ainda eram pequenas, resolvera, primeiramente, mudar-se para a praia para escrever um livro que o deixaria famoso. Como nunca escreveu, decidiu alugar uma chácara e montar um ranário, para depois se mudar para o Nordeste e abrir uma pousada. Parece que tinha tido algum sucesso, casando-se novamente e abrindo um restaurante perto da praia.

A mais velha daquelas meninas fazia pós-graduação em desenho industrial em Milão, patrocinada por uma bolsa do Ministero del Commercio con l'Estero italiano (uma vez que A-amiga-comum-que-também-era-dentista havia adquirido a nacionalidade italiana, em razão de seus avós vindos da Itália). A mais nova ainda estava na faculdade: estudava zootecnia no interior. Tinha planos para seguir os passos da irmã, e, assim que se formasse, iria fazer uma especialização fora. Mas quando as duas eram pequenas, a vida tinha sido muito puxada para a mãe delas. Uma certa noite, eu presenciei A-amiga-comum-que-também-era-dentista chorar de exaustão, depois de me atender às nove da noite. Hoje, todas as dificuldades ultrapassadas, como uma mãe ursa, ela se referia orgulhosa à sua cria, lambendo com os olhos cada uma daquelas fotografias.

— Vocês querem um chá, um licor ou um vinho do Porto"

— Acabamos de almoçar — disse A-loira-muito-linda-de-olhos-gateados.

— E um café" — ofereceu A-amiga-comum-que-também-era-dentista.

— Eu aceito um café e depois um vinho do Porto — respondeu A-divertida-de-cabelos-vermelhos, não fazendo cerimônia.

— Então, café e vinho do Porto para todas. Venham comigo para a cozinha enquanto eu passo o café.

Na cozinha, os porta-retratos cediam espaço para uma infinidade de recortes de revistas e jornais com receitas presos, com fita adesiva, sobre um quadro de avisos. Além de folhas autocolantes preenchidas com listas de compras e números de telefones, coladas em cima dos ladrilhos, havia recibos presos por ímãs de formatos diversos na porta da geladeira. Pela janela da cozinha era possível enxergar uma área de serviço bem arrumada, com uma pequena prateleira suspensa onde descansavam vasos de manjericão, alecrim, sálvia e cebolinha.

— Gosto tanto dessa sua cozinha — confessou com voz sonhadora A-loira-muito-linda-de-olhos-gateados. — É tão "Joãozinho e Maria"!

— Pelo lado deles ou da bruxa" — perguntou A-amiga-comum-que-também-era-dentista, franzindo o cenho e fazendo bico com os lábios.

Ela não teve tempo de responder, porque eu logo acrescentei:

— É uma delícia mesmo. Você já fez esse suflê de banana com calda de chocolate cuja receita está pendurada ali"

— Ainda não. Separei porque gostei da idéia. É tão diferente. Estou esperando uma oportunidade para experimentar. Por que não marcamos um jantar" Sábado que vem é aniversário de Aquela-que-seguiu-o-exemplo-das-amazonas. Poderíamos nos reunir para comemorar o aniversário dela.

— Você a tem visto" Como é que vai a menina" — cortou A-divertida-de-cabelos-vermelhos.

Aquela-que-seguiu-o-exemplo-das-amazonas era a mais próxima de minhas amigas. Conheci-a quando estudava no ginásio. Meus pais eram vivos, e ela os havia conhecido. Embora tivéssemos nos afastado durante o tempo que eu morei no exterior, nunca perdemos o contato. Onze anos atrás havia engravidado e decidido ter a criança. Nunca disse quem era o pai. Quando a menina nasceu, convidou-me para ser madrinha de A-afilhadinha-de-olhos-cor-de-mel.

— As duas vão bem. Ela deixou um recado para mim na secretária eletrônica. Eu estava viajando e não tive tempo de telefonar de volta e saber o que ela quer. Vai ver que é isso, quer combinar o que fará em seu aniversário — respondi.

O café estava passado e cheirava bem. A-amiga-comum-que-também-era-dentista tinha arrumado as xicrinhas, o adoçante, a cafeteira, a garrafa de vinho do Porto e os cálices em uma bandeja.

De soslaio, conferi com receio o rótulo da garrafa. Por sorte, era um Don José (não sei como encararia desta vez o homem de capa do rótulo do Sandeman).

— Vamos todas para a sala"

Colocando a bandeja sobre a mesa de centro, A-amiga-comum-que-também-era-dentista serviu-me primeiro.

— Não quero o vinho, porque estou tomando antiinflamatório e antibiótico.

— Para que tudo isso" — A-amiga-comum-que-também-era-dentista me olhou interrogativamente.

A-loira-muito-linda-de-olhos-gateados respondeu por mim:

— Ela foi assaltada na sexta-feira e machucou a cabeça.

— Mas você está bem, não é mesmo" Como se feriu" — continuou a me interrogar A-amiga-comum-que-também-era-dentista, arregalando os olhos para deixar inequívoco seu espanto.

— Os assaltantes me jogaram no chão e chutaram minha cabeça.

— Telefona amanhã cedo para o consultório e marca uma hora para vermos se isso não afetou o encaixe e os movimentos de sua mandíbula. Oh! Pobrezinha! — disse ela, encostando de leve a mão em minha cabeça, dando uns tapinhas leves e carinhosos, como se eu fosse um cachorrinho que tivesse trazido de volta o osso que ela havia lançado.

Foi como se ela tivesse disparado um gatilho invisível, até o momento embutido em algum lugar muito escondido dentro de mim. Tive uma crise de choro, coisa que não acontecia fazia anos.

— Não é nada, meu bem. Só agora você relaxou e soltou tudo isso que estava preso e doendo dentro de você. Foi o susto. Chora, chora mesmo, deixa tudo de ruim ir embora.

A-amiga-comum-que-também-era-dentista tinha mudado de lugar no sofá. Embora com o rosto entre as mãos, senti seu corpo sentado a meu lado. Cingiu-me com seus braços e continuou falando com uma voz doce, demonstrando a prática de quem tinha criado duas filhas (certamente por ela apaziguadas inúmeras vezes em explosões de ânimos não só aparentemente inexplicáveis como também sem sentido).

A-loira-muito-linda-de-olhos-gateados havia se postado de joelhos à nossa frente e segurava-me as mãos, repetindo: "Calma, calma, muita calma." Nesse meio-tempo, A-divertida-de-cabelos-vermelhos foi rapidamente à cozinha e voltou.

— Põe o café de lado, porque ele vai deixá-la mais nervosa. Toma esta água com açúcar — disse ela.

Desde quando não me ofereciam um copo de água com açúcar assim, tão candidamente" Peguei o copo, e quando terminei, ouvi sair de minha boca, como se eu fosse só uma boneca e minha voz arte de um ventríloquo:

— É que eu quero escrever um livro.

2

A primeira a usar a palavra foi A-divertida-de-cabelos-vermelhos:

— E precisa chorar por causa disso" Querer escrever um livro é a coisa mais natural deste mundo. Não tem aquela história de que é necessário ter um filho, plantar uma árvore e escrever um livro"

A-loira-muito-linda-de-olhos-gateados veio em seu socorro:

— Se você se dispuser a escrever, você escreve. É uma mulher tão decidida, tão inteligente e com tantos recursos.

— Vamos, se é por isso, não precisa chorar. Você deve ficar contente por ter sido iluminada por essa vontade de criar e de se expressar. Meus parabéns — prosseguiu A-divertida-de-cabelos-vermelhos.

— Mas é pretensioso — insisti, ainda em lágrimas.

— Pretensão e água benta, cada um usa o que quer — afirmou A-amiga-comum-que-também-era-dentista.

— Que é isso, Deus meu! Você já não escreveu dissertações e trabalhos para obter os diplomas que tem? Não teve o tal de *mémoire*, quando você estudou na França? Não vejo diferença entre preparar um trabalho desse tipo e escrever um livro. E os relatórios que você está careca de escrever em seu trabalho? É só fazer de conta que está escrevendo alguns a mais, juntar uma meia dúzia — como se cada um fosse um capítulo —, e está aí seu livro. Você é tão articulada, fala tão bem, poderia inclusive começar gravando e pedir para alguém transcrever as fitas — pontificou A-divertida-de-cabelos-vermelhos, assumindo um tom confessadamente profissional (embora psicólogos, psiquiatras e analistas afirmem que não fazem plantão 24 horas por dia, estão sempre prontos para assumir as rédeas nesse tipo de situação).

— Não é isso. Sobre o que vou escrever"

— Ah! Não seja criança. Está parecendo minhas filhas. Isso fica a seu critério, depende de sua escolha, ora bolas — posicionou-se de modo categórico A-amiga-comum-que-também-era-dentista.

— Acho que você deveria escrever sobre finanças para mulheres — propôs A-loira-muito-linda-de-olhos-gateados.

— Eu acho que você é uma mulher muito especial, que pode escrever sobre muitas coisas. Desde moda, como se vestir, como se portar, até como receber. A mulher executiva que recebe" Receber em um novo tempo"

Anfitriã no século XXI" Sabe, aqueles livros ilustrados, uma espécie de colagem, com menus, cartões-postais de lugares charmosos, receitas manuscritas... Nada de cozinha *fusion* e outras invencionices. Coisas tradicionais, que marcaram época, a verdadeira boa mesa. Posso até ajudar você, se for alguma coisa nesse sentido... — divagou A-divertida-de-cabelos-vermelhos, ao mesmo tempo que gesticulava com o copo de água com açúcar vazio nas mãos.

— Você deveria falar com Aquela-que-seguiu-o-exemplo-das-amazonas e escrever um livro para mães... como diria eu para fugir do preconceito... mães que não se casaram e criam os filhos sozinhas. Você teria que descobrir um título sintético para isso. Vocês lembram aquela frase célebre que inicia *Anna Karenina* "Todas as famílias felizes são iguais; as infelizes, cada uma a seu jeito"" Pois bem: era assim. Prestem bem atenção no tempo do verbo: era. Passado, passadíssimo. Porque novos padrões de família estão surgindo. Como celebrar o dia dos pais para aquelas que decidiram criar os filhos sem o pai do lado" E os frutos da inseminação artificial" E tem mais: alguma coisa dentro de mim diz que, no caso de Aquela-que-seguiu-o-exemplo-das-amazonas, a gravidez foi resultado de inseminação artificial, concluiu A-amiga-comum-que-também-era-dentista.

A-loira-muito-linda-de-olhos-gateados, não escondendo a mágoa causada por seu casamento frustrado antes mesmo de ocorrer, sentimento esse despertado ao som dessas histórias sobre família e filhos, insistia em sua idéia relacionada ao mundo dos negócios:

— Acho que um manual sobre mercado financeiro e finanças pessoais, escrito especialmente para o público feminino e de autoria de uma mulher como você, faria sucesso. Se eu fosse você, iria até mais longe: montaria, dentro da consultoria que você já tem, um setor dirigido só para esse nicho, para administrar os investimentos das mulheres, com gerentes mulheres e um marketing especialmente dirigido para o público feminino.

— Tem mulher que não confia em outras mulheres. Aquela história de "só vou em ginecologista homem, porque não me fio em mulher" — falou duro A-divertida-de-cabelos-vermelhos.

— Não sei, isso está mudando — continuou A-loira-muito-linda-de-olhos-gateados, ignorando o último aparte. — Li que as agências de publicidade estão despertando para o fato de que o público feminino é diferente do masculino. Daqui para a frente, se quiser continuar a vender, o pessoal de marketing terá que trabalhar em cima dessas diferenças. Não adianta fazer publicidade de carro com homem dirigindo e a mulher no banco do passageiro. Não funciona mais colocar em tudo uma moça bonita com pouca roupa. As consumidoras não se encantam com essas coisas. Pelo contrário, as mulheres que têm dinheiro e que realmente compram são maduras. No meu caso, um dos diferenciais da minha confecção foi ter criado, já há algum tempo, uma linha especial para esse tipo de mulher mais consciente. Dividi a "Frutos de Verão" em "Fruta Verde" e "Fruta Madura", cada uma com conceitos e modelagens próprios.

— Tem sentido o que ela está dizendo — observou A-amiga-comum-que-também-era-dentista, da mesma forma como se estivesse mediando as opiniões de suas filhas, certamente expressas de modo bem mais veemente, em suas discussões.

Tomando para si a palavra, A-divertida-de-cabelos-vermelhos pôs-se a contar, toda coquete:

— Uma colega minha, professora lá da faculdade, brincava dizendo que estava preparando uma coletânea de textos que iria publicar sob o título "Meus encontros com mulheres notáveis (todos contados por homens medíocres)". É uma paráfrase do Gurdjieff, "Meus encontros com homens notáveis", notaram" Cada capítulo seria escrito por uma mulher, que, para poder ser bem verdadeira, ficaria escondida atrás de um pseudônimo. Mulheres são seduzidas por pseudônimos, não é mesmo" É só pensar na George Sand, e naquela outra — amante célebre de Liszt —, Marie d'Agoult, que fez muito sucesso sob o nome de Daniel Stern. Voltando à minha colega, ela dizia que escreveria como Blanche Dubois. Eu queria escrever como Lou Andreas-Salomé.

Conheço uma que escolheu ser Violetta Valéry (*Dio santo, lasciame morire*), e outra que seria a Lilly of the Valley. Acontece que essa professora casou-se, imaginem só, com um professor também da faculdade, e não tocou mais no assunto. Por que você não assume essa idéia"

Não tive tempo de responder, porque A-amiga-comum-que-também-era-dentista adiantou-se:

— Olha que coisa mais louca, esse negócio de pseudônimo: vocês sabiam que a Madame Delly nunca existiu" Que foi uma fantasia adotada por um casal de irmãos franceses para escrever aqueles volumes publicados na inefável coleção Biblioteca das Moças, que influenciou toda uma geração de mulheres"

— Mas sempre foi assim, meu bem. Até hoje, essas patacoadas acerca das emoções e dos eternos tipos femininos foram escritas com a caneta dos homens. Vejam bem que o poder está nas mãos não de quem faz, mas de quem conta a história, argumentou A-divertida-de-cabelos-vermelhos.

— Para não se apropriar de uma idéia da amiga de A-divertida-de-cabelos-vermelhos — argumentou A-amiga-comum-que-também-era-dentista —, por que você não adota uma outra linha, seguindo o molde de "Meu tipo inesquecível", da *Reader's Digest*" — perguntou a A-amiga-comum-que-também-era-dentista, prendendo o riso. — Você conta sempre tantas histórias, como a daquele psiquiatra com quem você viajou pelo

Caribe e que tinha medo de avião e quase batia em você de tanto ciúme"

— E o risco de um processo" — observou A-loira-muito-linda-de-olhos-gateados.

— Ela colocaria só aqueles tipos que não moram no Brasil e que nunca leriam o livro — rebateu A-divertida-de-cabelos-vermelhos, rápida como se estivesse num jogo de pingue-pongue contra A-loira-muito-linda-de-olhos-gateados.

— Eu me lembro de ter visto, há um tempinho, uma coleção "A mãe minuto", "O pai minuto", "O gerente minuto" e assim por diante. Por que você não encara um "A executiva minuto"" O que fazer quando você está a caminho de uma reunião importantésima, e sua meia se engancha na base da borboleta do saguão de entrada do prédio onde a reunião está marcada" Os elevadores estão na frente, os seguranças estão atrás, não há como retroceder; de qualquer modo, você já passou pela identificação. Não tem auto-estima que resista a um buraco bem aparente na meia, no meio da perna, principalmente se for inverno e sua meia for daquelas grossas, fio quarenta, cuja cor mais escura faz um contraste horroroso com o branco da sua perna, que, por sinal está sem depilar, pois você está sem namorado e para que se sacrificar quando ninguém verá suas pernas" Durante o inverno, você nem faz hidroginástica...

— Você está na profissão errada. Deveria escrever para o teatro — disse A-amiga-comum-que-também-era-dentista, olhando na direção de A-divertida-de-cabelos-vermelhos. Esta, sorridente, ainda de pé e segurando o copo vazio, fez uma reverência como as bailarinas ainda fazem no palco, depois de aplaudidas.

— Eu sou ainda pelo livro sobre mães e novas famílias. Vocês já pensaram que não só Freud mas todos aqueles que vieram depois dele levaram em consideração um paradigma familiar que não existe mais" Mãe, pai, filhos, todos posando para uma foto, às vezes observados por avós e ladeados pelos tios. Eu fico imaginando que a maioria das crianças de hoje não terão complexo de Édipo, uma vez que não têm pai para disputar com as mães.

— Mas têm os namorados das mães e as namoradas dos pais — pontuou A-loira-muito-linda-de-olhos-gateados.

— Nem sempre — observou A-amiga-comum-que-também-era-dentista, balançando negativamente a cabeça. — Vejo por mim. Depois que me separei, nunca trouxe um homem para dentro de casa. Sempre deixei minhas histórias do lado de fora. Na maioria das vezes, as meninas nem desconfiaram que eu estava namorando ou tendo um caso.

— Elas irão pensar que a mãe é assexuada — interveio A-divertida-de-cabelos-vermelhos.

— Acho que não estou sozinha — continuou a A-amiga-comum-que-também-era-dentista, ignorando o aparte da outra. Olhem só o caso de Aquela-que-seguiu-o-exemplo-das-amazonas. Depois que nasceu a filha, não teve mais namorados. E vive dizendo que o tipo de sentimento que tem pela criança deixa para trás todo e qualquer sentimento que ela jamais, em tempo algum, poderia ter sentido por um homem. Tipo "os homens passam, os filhos ficam".

— É que nós estamos ficando velhas — disse A-loira-muito-linda-de-olhos-gateados. — As mães solteiras ou que se divorciaram mais jovens têm seus namorados. Daí, fica aquela história tortuosa de "a casa da prima do namorado da mamãe" e "a mulher do tio do namorado da mamãe"; um belo dia, mamãe termina com o namorado (ou o namorado termina com a mamãe) e tudo se evapora. Como os vampiros na luz do primeiro raio da madrugada.

— Não é porque somos mais velhas que deixamos nossa libido de lado — suspirou A-divertida-de-cabelos-vermelhos.

— Muitas já deixaram — rebateu bruscamente A-loira-muito-linda-de-olhos-gateados. — Por sinal, está na moda. Vocês não imaginam o que eu fiquei sabendo. Em Nova York, de um lado, há muitas mulheres maduronas que não se casaram mas desejam ter filhos (e ela estendeu sua mão esquerda, com seu maravilhoso anel de brilhantes *art déco* e suas três alianças de ouro, para esse mesmo lado); de outro, um grupo de homossexuais que, sem gostar de mulheres, aprecia a vida em família, sonha em ter um lar e filhos (estendendo agora a mão direita, nesse mesmo sentido). Essas mulheres e esses homens têm decidido se casar (e, dizendo isso, juntou os dedos das duas mãos, em forma de triângulo, na altura do peito). Casados, não quer dizer que passarão a ter sexo um com o outro ou que viverão castos dentro do casamento. Simplesmente ficarão juntos em face da sociedade. Ele pode precisar disso para compor uma fachada no trabalho, por exemplo. Terão um ou dois filhos, inseminados ou adotados. De resto, funcionarão como uma família normal. Só que sem sexo, ou, como já disse, ao menos dentro do casamento. Ela fará vista grossa para as aventuras dele, mas isso não será novidade, pois nossas mães e avós faziam o mesmo para as puladas de cerca de nossos pais e avôs. E dizem que os *gays* são pais fantásticos, muito presentes e amorosos. Gente, eu li isso em um artigo que discuti em minha aula de conversação em inglês — arrematou ela.

Eu, que a essa altura estava semideitada no sofá, com a cabeça recostada no colo de A-amiga-comum-que-também-era-dentista, olhei rápido na direção de A-divertida-de-cabelos-vermelhos, que havia ido à cozinha levar o copo vazio e estava de volta.

— O que você acha disso" — indaguei-lhe.

— Não sei se entendi muito bem, mas não acredito.
— Acreditando ou não, eu li, querida. — Como era de se esperar, esse "querida" foi dito sarcasticamente. Era curioso, mas as duas, quando em grupo, alfinetavam-se o tempo inteiro; quando sozinhas, davam-se às mil maravilhas. — E tem mais: muitas das mulheres não têm amantes nem aventuras. Simplesmente fartaram-se de ter relações. Explicam que trabalham muito, gastam muita energia, e que sexo, além de dar muita mão-de-obra, resseca a pele, contrariando tudo aquilo que se ouve e se lê nas revistas. Cada chuveirada depois do amor é uma agressão contra a pele, tamanho é o nível de cloro na água das cidades grandes, como Nova York.

— Eu, hein" Onde você estuda inglês" — perguntou A-divertida-de-cabelos-vermelhos, pondo as mãos na cintura e em seguida espremendo os olhos, como se enviasse dardos envenenados na direção da A-loira-muito-linda-de-olhos-gateados.

— Eu já sei o que eu faria — exclamou A-amiga-comum-que-também-era-dentista, estalando os dois dedos da mão, como se dissesse "Eureca!" — Escreveria um livro de ficção científica sobre um assunto estritamente atual e feminino: o endométrio. Já viram que todo mundo sofre de endometriose hoje" Até uns quinze anos atrás, não se ouvia falar dessa doença, que é o crescimento desordenado da pele que reveste o útero e que descama mensalmente, no período da menstruação. Vocês já imaginaram uma pele crescendo dentro de vocês, como um fermento, silenciosamente, tomando conta de todos os espaços internos de seus corpos, subindo pelos órgãos, e um belo dia saindo por suas bocas para agarrar as línguas dos namorados quando vocês vão beijá-los"

— Que nojo — disse A-divertida-de-cabelos-vermelhos, desta vez já sentada em uma poltrona e fazendo uma careta.

— Parece roteiro de filme *trash*, classe B — observou A-loira-muito-linda-de-olhos-gateados.

— Vocês sabiam que A-muito-esforçada-que-subiu-na-vida foi operada, em caráter de urgência, de endometriose" A pele assassina tinha passado, não me peçam para explicar como, do útero para o intestino e estava começando a estrangular-lhe as tripas — esclareceu A-amiga-comum-que-também-era-dentista.

E foram gargalhadas gerais. A-loira-muito-linda-de-olhos-gateados fungava em seus ataques de riso, o que — sem roubar a beleza de todo o conjunto — absolutamente não combinava com ela.

A sessão de gargalhadas ainda não tinha de todo terminado, e eu falei:

— Estou muito magoada com A-muito-esforçada-que-subiu-na-vida.

— E você é lá mulher de se magoar" — perguntou, em voz terna, A-amiga-comum-que-também-era-dentista, ao mesmo tempo que A-divertida-de-cabelos-vermelhos, interrompendo suas risadas, curiosa, também questionou:

— Mas por quê"

— Estávamos jantando outro dia em um japonês. Gesticulando com o *hashi*, ela se empolgou pregando contra o Brasil. Tentei desconversar, porque estávamos sentadas no balcão, e todo mundo, vizinhos e *sushiman*, começou a prestar atenção em nossa conversa. Ou melhor, em sua pregação. Toda empolgada, afirmava que a política era uma vergonha, os partidos uma mentira, os políticos medíocres, e o povo de quinta. Concluiu, com aquele tom irritante que todos que pregam assumem em seus sermões, que o país precisava era de uma ditadura como a do Pinochet. Eu não agüentei. Pedi que ela ao menos respeitasse minha história e não ousasse proferir uma barbaridade dessas.

— Não só sua história, mas a de todas nós e a do nosso país — confortou-me A-divertida-de-cabelos-vermelhos.

— Como se isso adiantasse... Não tivemos vinte anos de regime militar" — perguntou com um muxoxo de desdém A-loira-muito-linda-de-olhos-gateados.

— Pinochet está sendo processado no Chile por corrupção relacionada a remessas irregulares de dinheiro para o exterior — informou A-amiga-comum-que-também-era-dentista.

— Mas não liga para isso não — consolou-me A-divertida-de-cabelos-vermelhos.

— E tem mais. Como se não fosse o suficiente, sempre segurando a caixa em que servem o saquê gelado com o dedinho apontando para o teto, veio com um papo de que desde pequena ela só pedia à mãe para comer em prato de porcelana e com talheres de prata. Eu olhava bem para ela e pensava: "Depois, eu é que sou descendente da viscondessa de Guaratinguetá."

Dessa vez ninguém riu.

— Boba, pára com isso, que não faz bem para sua saúde — disse A-amiga-comum-que-também-era-dentista.

— No fundo, é uma pessoa boa. Conheço a criatura há bem mais tempo do que você, da época em que ela morava em Cambuci com os pais, filhos de espanhóis — observou A-divertida-de-cabelos-vermelhos, em um tom de voz mais baixo.

— Tenho certeza de que ela não fez isso por mal. Não acho que tenha alcançado o sentido daquilo que estava dizendo. A maioria fala para fazer movimento com a boca, assim... olha... — mostrou A-loira-muito-linda-de-olhos-gateados, abrindo e fechando a boca rapidamente, como estivesse mastigando um chiclete invisível.

— Escuta, vem cá, querida — disse-me A-amiga-comum-que-também-era-dentista, puxando-me com gentileza pelos ombros, fazendo-me sentar no sofá e olhando fundo em meus olhos. — Por que você não escreve sobre sua vida"

3

Seis olhos fixaram-se em mim.

— E quem iria se interessar" — perguntei, e, antes que alguma delas falasse, continuei: — De todo jeito, ninguém iria acreditar. A literatura é linear, tem um compromisso com a razão; a vida vai além disso. Imaginem uma moça, espancada junto com a mãe, durante os anos de repressão no Chile, ao que tudo indica, tão caros à nossa amiga. Trinta anos depois, ela dá de cara com seu torturador em um elevador. Ele, então, é seu vizinho. O Ariel Dorfman, quando escreveu *A morte e a donzela*, foi muito criticado, porque o encontro entre a torturada e seu torturador, naquele estilo, era improvável, se não impossível. Só que a história do elevador aconteceu de verdade. A torturada não é mais uma mocinha, mas ministra da Defesa do Chile atualmente; o torturador não tem mais nenhum poder, está sendo processado por todos os crimes que cometeu. Ela se chama

Michelle Bachelet, cotada, segundo as pesquisas, para ser a próxima presidente daquele país.

Como ninguém tivesse ainda me cortado, eu aproveitei e prossegui:

— Quando criança, eu adorava as aventuras de Alexandre Dumas. Li, mais de uma vez, *O conde de Monte Cristo*. É a história de Edmond Dantés, um jovem preso sem culpa nenhuma. Na verdade, quem faz tudo para mandá-lo para a prisão é um fulano apaixonado por Matilde, a noiva de Dantés. O infeliz é sentenciado a cumprir sua pena em uma ilha de pedra no meio do mar, na terrível prisão do Castelo de If. Lá, ele consegue comunicar-se com o vizinho de cela, um padre jesuíta que o instrui em todos os campos: ensina-lhe literatura, matemática, latim, bons modos e a manejar a espada. Antes de morrer, esse jesuíta ainda lhe entrega o mapa do local onde está escondido um tesouro. Em vez de jogar o cadáver do velho no mar, os guardas jogam é o corpo bem vivo de Dantés, que assim foge, descobre o tesouro, fica milionário e transforma-se no conde de Monte Cristo. Sob esse nome, ele parte para Paris, onde faz grande sucesso social, envolto em sua aura de mistério. Passa a vingar-se, um por um, daqueles que o fizeram sofrer.

Elas, por milagre, acompanhavam-me quietas:

— Considerem agora isso transposto para o nosso tempo. Um jovem rapaz, líder estudantil, é preso e banido das terras brasileiras. Vai para Cuba, submete-se a uma operação plástica e volta para o Brasil com outro nome. Disfarçado, casa-se e tem um filho. Anos depois, após a publicação da lei que o anistiou, confessa sua real identidade à mulher, que o rejeita, por não aceitar o tempo em que foi enganada. Ele sai do país, no exterior reverte a plástica que havia feito e retorna ao Brasil sob sua identidade real. Uma década depois, torna-se um dos ministros de maior influência no país. Vocês acreditariam"

— Já percebeu como você se entusiasma quando conta suas histórias" E entusiasmo é ter Deus dentro de si — falou feliz A-divertida-de-cabelos-vermelhos.

— Chega de contar as histórias dos outros, chegou a hora de você contar sua história — declarou secamente A-loira-muito-linda-de-olhos-gateados.

— Como posso contar que testemunhei a prisão de meus pais no dia 12 de fevereiro de 1970 e que depois eles desapareceram" Será que eu conseguiria descrever a *via crucis* de minha avó — cuja filha mais nova já havia saído do Brasil, em 1968, por ser líder estudantil secundarista —, procurando qualquer informação que fosse sobre o paradeiro de papai e mamãe" E minha saída do país com passaporte falso, arrumado pelo irmão de minha avó, porque eu era menor e meus pais desaparecidos não podiam assinar a autorização para eu viajar desacompanhada"... — E recaí no choro que elas achavam que havia terminado.

— Eu tenho muito orgulho de você, querida — disse em voz baixa, com ternura, A-amiga-comum-que-também-era-dentista.

A-loira-muito-linda-de-olhos-gateados foi mais incisiva ao falar:

— Você é uma sobrevivente.

— Deixa de lado os remédios que está tomando e bebe aqui um pouco deste Porto, que vai lhe fazer muito bem — sugeriu A-divertida-de-cabelos-vermelhos. — Vinho, desde que seja de boa qualidade e tomado em boa companhia, não faz mal a ninguém. Eu, professora doutora, assino embaixo.

Tomei aquela meia taça de vinho do Porto em goles pequenos e entre soluços.

Levantando-se do sofá e pegando-me pelas mãos, A-amiga-comum-que-também-era-dentista disse para as outras duas:

— Garotas, fiquem à vontade. Podem ligar o CD e ouvir música ou, se quiserem, ler essas revistas... Façam de conta que a casa é de vocês. Atendam o telefone, por favor, mas só me chamem em caso de ser uma das meninas. Fiquem realmente à vontade. Você — continuou olhando para mim —, vem comigo, que eu vou ler suas cartas.

Era um segredo que todas nós sabíamos: A-amiga-comum-que-também-era-dentista sabia ler tarô. Só que, segundo ela, não podia ser de qualquer jeito ou a qualquer hora. Ela tinha uns certos caprichos. Levou-me em direção a seu escritório, um dos três quartos da casa, que, com a saída das meninas — como as mães sempre se referem às filhas — havia recebido outra destinação. Agora, lá é que estavam a televisão, o DVD, seus livros, junto com mais porta-retratos com fotos das filhas.

— Vamos puxar essa mesa de canto e pô-la bem na frente desta poltroninha. Você senta nela e eu puxo esta banqueta para cá. Vamos inclinar o foco deste abajur, para a luz não incomodar meus olhos — instruiu segura, enquanto esticava as mãos e tirava da gaveta superior de uma pequena cômoda um embrulho envolto em um pano lilás com bordados em dourado. — Aqui está — continuou ela, desenrolando e abrindo o pano sobre a mesa. Surgiu um baralho que eu sabia ser o tarô de Marselha. — Não queria levantar, mas esqueci o copo d'água e o incenso. Eu volto em um minuto.

Voltou depressa, com um bonito cálice com água até a metade. Na outra mão, trazia um vasinho de ervas (um daqueles que eu havia visto através da janela da cozinha, na área de serviço) e uma caixa de fósforos.

— Em qualquer leitura, é necessário ser assistida pela presença dos quatro elementos: o fogo que acende o incenso, o ar que leva a fumaça, a água do copo e a terra deste vaso. Tudo isso são símbolos, você sabe, não é"

Eu percebi que isso não era propriamente uma pergunta e que ela não esperava uma resposta. A-amiga-comum-que-também-era-dentista separou algumas das cartas e pôs o resto do baralho de lado. Começou a embaralhar o pequeno monte que havia separado.

— Minha avó paterna, minha madrinha, era italiana de Turim. É a terra de grandes bruxas. Foi ela que me ensinou a pôr cartas. Ou melhor, foi ela que me deu consciência de que eu poderia entender a língua por elas falada. Na realidade, não há muito o que ensinar, mas simplesmente mostrar que existem histórias escondidas e que essas figuras podem ser a ponte para termos acesso a uma parte daquilo que ainda está por vir. Quero que você saiba que tudo o que for dito será para seu bem e ficará entre nós. Quero deixar bem claro que as cartas são apenas setas que indicam o melhor caminho e que, como todo oráculo, curvam-se diante de seu livre-arbítrio e da vontade última de Deus.

Deixou o monte de cartas fechado à sua frente. Fechou os olhos, inspirou e esfregou as palmas das mãos, uma contra a outra:

— Pensando no seu livro, pode cortar, juntar, abrir as cartas em leque, com a face para baixo, e escolher cinco cartas — disse, abrindo os olhos.

Obedeci. À medida que ia escolhendo, entreguei-lhe as cinco cartas.

Ela colocou a primeira no centro da mesa, e as demais fazendo uma cruz em volta dela.

— A carta que coloquei no centro, que é a Temperança, é a essência da sua questão. Indica um trabalho delicado, uma vez que a moça que carrega os cântaros tem que transpor a água de um para o outro sem desperdiçar uma gota sequer. Para mim, tem tudo a ver com seu livro, uma tarefa que exigirá de você esforço, mas um esforço sutil de quem equilibra conteúdos frágeis e fluidos. No nível espiritual, essa carta indica uma vida abrangente, múltipla, e uma cura por meio de uma nova organização dos significados. Está me acompanhando"

Assenti com a cabeça.

— A base da questão — ou do seu livro — é muito propícia, pois nessa posição apareceu o Sol. No nível tangível, representa criação, vida e arte. No espiritual, é a luz primeira, a organização do caos. Confirma também uma cura, ao dissipar a escuridão. No pólo oposto, sobre seu livro, pesa a influência da carta de número 13, representada pela morte. Não pense mal, porque no nível espiritual ela significa um renascimento, o movimento constante do grão que morre para renascer. No nível tangível, é uma alegoria do destino. Veja, parece que escrever esse livro faz parte de seu destino. Alguma pergunta"

— Não, pode continuar. Se tiver qualquer dúvida, eu aviso.

Ela prosseguiu:

— Agora, as influências do passado e as forças com que você contará no futuro. A Estrela confirma que, de nascença, você traz uma bagagem de beleza, energia criativa, inspiração e eloqüência. A figura que indica seu futuro é o Louco, o que quer dizer que você deve ser desprendida e ir em frente, entregando-se com inocência à sua intuição. Esta carta adverte contra a autocensura desnecessária e a apatia. Só as pessoas que vêem além do meramente intelectual podem compreender o significado desta carta em toda a sua grandeza.

Ela fez uma grande pausa, olhando fixamente para as cartas.

— Somei os números que aparecem na parte superior das figuras, e o resultado é como se fosse o recado final do tarô para você. O resultado foi o Eremita, carta a que corresponde o número 9. Fazendo um paralelo com a mitologia e com a astrologia, o Eremita é Cronos, o Tempo, e Saturno, também conhecido como o deus do Karma. Em uma carta astrológica, Saturno pousa sobre o assunto que a pessoa terá mais dificuldade em trabalhar. Esse trabalho, entretanto, será o que a fará crescer. No meu entender, a mensagem é que você deverá começar a escrever esse livro, que esse é o seu destino, a razão pela qual você foi colocada na vida. É o seu dom. E não é por tudo o que eu e as outras dissemos na sala. Apaga tudo, uma vez que as idéias foram nossas e o livro será seu. Mas eu, se fosse você, não iria muito longe procurando um assunto para escrever um livro. Ele está escrito dentro de você. Acho que não tenho mais nada a acrescentar.

Ela juntou as cartas e começou a ordená-las, seguindo a ordem crescente dos números acima de cada uma delas.

4

Voltamos para a sala, onde A-loira-muito-linda-de-olhos-gateados e A-divertida-de-cabelos-vermelhos estavam nos esperando sorridentes:

— Escuta só o que descobrimos para a nossa querida amiga. Como prova de amor e carinho... rufem os tambores e... lá vai...

Em seguida ao comando do controle remoto que A-divertida-de-cabelos-vermelhos segurava nas mãos, a sala foi invadida pelo encanto de Dinah Washington cantando *I could write a book*.

Todas rimos.

— E aí, garotas" Vamos pedir uma *pizza*" — perguntou A-amiga-comum-que-também-era-dentista, cumprindo seu papel de boa anfitriã.

— Nem pensar — respondeu A-loira-muito-linda-de-olhos-gateados, empertigando seu corpo e contraindo estômago e barriga para dentro.

— Eu até que aceitaria, mas está ficando tarde e tenho que começar a revisão de um artigo que devo entregar para a revista da faculdade até o fim desta semana, sem falta, complementou a outra.

A-loira-muito-linda-de-olhos-gateados olhou para mim e, relaxando sua postura, indagou, colocando uma das mãos com carinho em meu ombro:

— Tudo bem com você" Consegue dirigir até em casa ou quer que eu dirija para você" A-divertida-de-cabelos-vermelhos pode ir atrás da gente e trazer-me de volta para pegar meu carro.

— É mesmo, nós acompanhamos você — falou prestativa A-divertida-de-cabelos-vermelhos.

— É melhor — observou A-amiga-comum-que-também-era-dentista, inclinando a cabeça de lado e sorrindo maternalmente para mim.

— Fiquem descansadas, porque estou ótima. Não tem problema algum. Quando chegar em casa, ligo para cada uma de vocês.

— Então, vamos nessa" — perguntou A-loira-muito-linda-de-olhos-gateados.

Capítulo IV

1

Segunda-feira. Acordei antes de o rádio-relógio começar a tocar e desliguei, rápida, o botão de despertar. Não me sentia segura o suficiente para fazer a simpatia de todas as manhãs. É a seguinte: mantenho o rádio sintonizado em uma estação FM que só toca música erudita; programo o relógio para despertar com o som do rádio, em lugar daquele "buzzzzzzzzzzzzzzzz" infernal. A melodia que tocar no momento da chamada é que dará, por assim dizer, o tom do dia. Esse é o pulo do gato.

Mozart: um dia glorioso. Brahms ou Mahler, conturbado (Brückner, três batidas na madeira... nem é bom falar). Vivaldi, prenúncio de alegria em geral. Chopin ou Liszt, uma advertência para que eu pense mais em mim (afinal, e minha metade eslava"). Tudo só não funcionava quando havia programa político. E como foram aborrecidas as sextas-feiras na época do Sarney! Levantava, sem música, às seis de manhã para a ginástica. Ficava acabada, logo cedo, só de ouvir aquele arauto semanal da democracia: "Brasileiros e Brasileiras!" Enquanto vagava pela casa arrumando primeiro a sacola com as coisas da ginástica, depois a pasta com os papéis do trabalho e por último a bolsa, mais de uma vez perguntei se meus pais haviam sido mortos para aquilo.

Sempre me lembrei deles. Quando fui morar na Europa, quando me mudei para fazer faculdade nos Estados Unidos e muito, muito mesmo, quando veio a anistia. Afinal — repetira inúmeras vezes em agosto de 1979 —, eles poderiam reaparecer, depois de aprovada a Lei da Anistia. Só enterrei minhas esperanças quando vovó convenceu-me a entrar, muito a contragosto, com uma ação de responsabilidade contra o Estado para apurar o desaparecimento dos dois.

Levantei sem vontade. Fui até o armário e separei a roupa que iria vestir depois do banho. Uma saia preta de *chamois* (tão fino que parecia seda) com borlas também pretas ao redor da barra, uma camisa branca masculina e meus *scarpins* de couro avermelhado, imitando pele de crocodilo. Colocaria uns colares de pérola. Com os cabelos, não tinha muito o que inventar, tendo que esconder os pontos com aquela que era agora minha indefectível faixa preta. Banhei-me como sempre, com a água quase fria, e em menos de vinte minutos estava pronta e perfumada para sair.

Ao colocar-me frente ao espelho, para uma inspeção final antes de sair para o trabalho, dei conta das cores do visual que havia composto: preto, branco e vermelho. A voz de vovó declamou, muito clara em meu pensamento, fragmentos de uns versos que ela adorava, relacionados à Revolução Paulista de 1932:

> "Bandeira da minha terra
> bandeira das treze listas
> ... prece alternada, responso
> entre a cor branca e preta
> ... que entre os rasgões tremulantes
> mostrou a sombra da morte,
> Riscos negros sobre a prata
> ... Página branca pautada
> Por Deus numa hora suprema,
> para que, um dia, uma espada
> sobre ela escrevesse um poema:
> ... Poema do nosso orgulho
> (eu vibro quando me lembro)
> que vai de nove de julho
> a vinte e oito de setembro
> ... Linhas que avançam; há nelas,
> correndo num mesmo fito,
> impulso das paralelas
> que procuram o infinito."

Fui cercada por um cheiro suave no ar, misto de mel e de odor de flores brancas, daquelas que só cheiram à noite. Não se tratava de meu perfume — verde, seco e quase masculino —, Eau D'Hadrien. Era um certo sopro terno, uma presença invisível a meu lado.

Vovó, que morreu lúcida, aos 96 anos, sempre repetiu que eu tivesse certeza de que olharia por mim, não importa onde estivesse. Dizia isso mesmo antes do desaparecimento de papai e mamãe. Quando eu era pequena e vovó me colocava para dormir, dizia que tomaria conta de mim, não importando se eu a visse ou não. Estaria a meu lado por meio de uma flor no jardim, do brilho da lua ou do canto de um pássaro.

Um pouco zonza, recostei-me em um aparador perto do espelho, no *hall* de entrada de casa. Só queria ser tão forte como minha avó tinha sido. Casara-se aos 16 anos com um jovem juiz que começava a carreira e estava de partida, transferido para o interior. No primeiro ano de casamento, tinha tido papai. Depois dele, ganhara gêmeos. Não tivera sorte com eles. Um morrera ao nascer, empelicado, com o cordão enrolado no pescoço, como ela costumava explicar. O outro, uma semana depois, uma vez que nascera fraquinho, e o leite de vovó empedrara em seu peito (de tristeza, como ela explicava). A quarta filha viera quinze anos depois. Vovô já tinha se firmado na carreira (de promoção em promoção, um dia ele acabaria como desembargador).

Eu conheci pouco essa tia. Estudava medicina e era líder estudantil desde o ginásio. Em 1968, fugira do país para não ser presa. Acho que estava no congresso proibido de Ibiúna. Concluíra o curso de medicina nos Estados Unidos, casara-se e nunca mais voltara ao Brasil. Dizia que tinha entrado na política sem ter consciência de nada, influenciada por papai, de quem parecia ter guardado mágoa. Havia anos, morava numa bela casa na Califórnia, era pesquisadora em Stanford e se naturalizara americana. Seu marido, também médico e professor, era republicano.

Sentindo-me um pouco melhor, bati a porta de casa, tomei o elevador e fui para a garagem pegar meu carro. Na hora em que girei a chave para dar a partida, o rádio ligou automaticamente e reconheci, em segundos, um concerto para violino e orquestra... por incrível que pareça... de Paganini. Uma previsão bizarra, no mínimo. Lendas é que não faltavam quando o assunto era esse mago do violino.

Il Maestro, o maestro amigo de vovó, contava que Paganini era admirado e temido, pois havia uma história de que tinha parte com o oculto, para não dizer com outra coisa. Que, enquanto tocava, arrebentava, uma a uma, as cordas de seu violino, dito encantado, para terminar seus solos dedilhando apenas uma única corda. Antes de morrer, em Nice, ele teria se negado a receber a extrema-unção, com isso alimentando os rumores de um suposto acordo com as forças do lá de baixo. Para castigá-lo, e com medo de eventuais maldições, a população foi contra seu sepultamento no cemitério daquela cidade. Por causa disso, seu corpo permaneceu guardado em um porão durante cinco anos. Por fim, a família obteve uma ordem especial do papa para que os restos do grande músico fossem transladados de Nice para Gênova, sua terra natal, onde foi finalmente enterrado. Il Maestro — que também era de Gênova e havia se mudado para o Brasil depois da Segunda Guerra — finalizava esse relato fantástico (sempre baixando a voz, passando de tenor para barítono, reforçando o suspense dessa incrível narrativa) afirmando que, nessa última viagem, Paganini e seu navio foram escoltados por tempestades, raios e trovoadas. Que saudades eu tinha do Il Maestro!

Eu mal tive tempo de abrir a porta de minha perua grande e preta. Inclinando o corpo para fora, vomitei o chá e as torradas do café da manhã.

2

Minha-eficientíssima-assistente-coreana já estava a postos no escritório quando minha empregada telefonou para lá, pedindo ajuda. Rápida como de hábito, ela apareceu em casa, acompanhou-me ao médico, chamado ao consultório em caráter de urgência.

    Depois de vomitar na garagem, eu havia desmaiado enquanto esperava o elevador. O doutor, após me examinar, atribuiu todos os meus males ao estresse, ao choque conseqüente da tentativa de assalto e ao excesso de antibióticos e antiinflamatórios que me haviam sido receitados. Por via das dúvidas, pediu uma batelada de exames e prescreveu-me descanso por uma semana. Disse também que eu precisava me distrair. Só isso.

3

Eu estava em Veneza, com um grupo de amigos. Passeávamos em gôndolas. Cá Foscari, Moncenigo Vecchio, Moncenigo Nuovo, Santa Maria della Salute, pombas que voavam e se misturavam às lembranças de todos aqueles que haviam amado essa cidade, que mais parece um cenário de ópera.

Subitamente, passamos a ser perseguidos pela polícia, que em uma lancha nos alcança. A mãe de um de nós tinha se envolvido com o chefe de uma quadrilha de ladrões internacionais. Precisávamos resgatá-la antes que matasse o marido, seguindo as ordens de seu novo amante, por quem estava perdidamente apaixonada. Chegamos ao *palazzo* em que moravam os pais de meu amigo. Todos entraram e eu fiquei para trás, admirando a beleza do canal. Saíram rapidamente, porque a mãe já havia fugido, forjando documentos e roubando toda a fortuna do pai de meu amigo.

O grupo entrou na lancha da polícia e eu fiquei, imobilizada, novamente para trás. O canal ficou deserto. Como sairia daquele palácio desabitado" Percebi que mergulhadores com roupas de borracha nadavam no canal, mantendo para fora a parte de cima de seus *snockers*, que se pareciam com a parte superior das caudas de tubarões. Como nadavam em círculos, aproximando-se pouco a pouco de mim, fiquei com medo de que me atacassem.

Acordei com muito calor e suada.

4

— Ainda bem que você me telefonou. Fiquei preocupada. Saí mais cedo do trabalho e decidi vir aqui para ver o que houve.

Quem me dizia isso era Aquela-que-seguiu-o-exemplo-das-amazonas, sentada em minha cama, a meu lado e segurando minhas mãos. Com receio de me deixar sozinha (minha empregada não dormia em casa) e sentindo que não tinha intimidade suficiente para se oferecer para dormir comigo, Minha-eficientíssima-assistente-coreana tinha telefonado para Aquela-que-seguiu-o-exemplo-das-amazonas e pedido para que viesse me fazer companhia.

— Não queria dar trabalho. E A-afilhadinha-de-olhos-cor-de-mel"

Éramos comadres. Embora eu adorasse o fato de minha amiga ter me dado a alegria de ser madrinha de sua única filha, não gostava do nome dado à minha função:

comadre. Lançava mão de um eufemismo, por mais complicado que pudesse parecer no meio das conversas: a mãe de minha afilhada.

— Está ótima. Crescendo e lindona — respondeu.

— Não tem ido à escola porque lá está havendo uma série de casos de catapora e eu não quero que ela pegue nada até eu entregar o projeto para um novo curso que estou montando.

Aquela-que-seguiu-o-exemplo-das-amazonas era formada em Letras e em Pedagogia. Trabalhava na direção de um centro de estudos de línguas. Havia se especializado em métodos alternativos e mais eficientes no aprendizado de idiomas estrangeiros. Tínhamos estudado juntas no ginásio e havíamos nos reencontrado nas comemorações do centenário da escola. Era a única de minhas amigas que havia freqüentado a casa de meus pais.

— Mas ela não foi vacinada contra catapora"

— Foi. Mas mesmo assim corre o risco de pegar. Só que mais leve. Como não quero correr o risco de que ela fique doente logo agora, que estou carregada de trabalho, ela tem faltado às aulas e ficado em casa. Criança doente fica chorona e só quer a mãe.

Mãe e filha, esta agora com quase onze anos, viviam no apartamento comprado antes de a menina nascer. Aquela-que-seguiu-o-exemplo-das-amazonas sempre quisera ter um filho, e, nas vésperas de seu aniversário de

40 anos, surgira grávida. "Meu presente de 40 anos", costumava dizer, passando a mão com carinho sobre sua barrigona. Foi uma grávida linda, de chamar a atenção em todos os lugares onde circulava. Com seus longos cabelos ruivos, sua pele pálida e seus olhos verdes, concentrando o peso ganho unicamente na barriga, parecia uma figura pré-rafaelita, fugida de um quadro de Rossetti.

Ficamos muito próximas durante o período de sua gravidez. Nem assim ela falou quem era o pai. Brincava, ora dizendo que tinha sido obra do Espírito Santo (e levantava imediatamente os olhos para cima, como que pedindo perdão pela blasfêmia), ora que tinha sido um grande amor que havia falecido em seguida. Eu não ousava tocar nesse assunto, embora todas as amigas fizessem mil especulações a respeito. A família dela parecia ter ficado a seu lado e aceitado todo o mistério sem maiores problemas.

Ajudei-a fazendo companhia nas compras, dando idéias para o quarto do bebê e levando-a para a maternidade na noite em que me telefonou dizendo calmamente que a bolsa d'água tinha se rompido. A criança nasceu saudável, mas antes da hora. Como a mãe de Aquela-que-seguiu-o-exemplo-das-amazonas estivesse viajando, fiquei com minha amiga na maternidade. Comprei as flores, tirei as fotos de praxe, acompanhei-a no dia da saída, preenchendo do melhor modo possível as funções de um pai imaginário.

Falando em imaginação, certo dia, ainda na maternidade, quando eu voltava de uma das minhas curtas saídas — eu tinha pedido uma semana de férias no trabalho para dar mais assistência a ela —, tive a impressão de ter visto, de relance, um homem sair do quarto. Tinha um belo porte, era alto, elegante, de terno, muito bem vestido e ligeiramente grisalho. Não cheguei a ver seu rosto, porque o vi de costas. Ele saíra andando com passos largos e cabeça empinada. Quando entrei no quarto, ela me deu a impressão de que dormia, deitada de costas para a porta. Adormecida, de verdade ou não, eu não quis incomodá-la. E como nunca comentou nada, também não perguntei. Afinal, eu sabia muitíssimo bem quem costumava enxergar vultos e sombras esgueirando-se pelos cantos nesta história.

— Mas se ela não está indo à escola, o que fica fazendo durante o dia enquanto você trabalha"

— Fica em casa, com a empregada. Ela acorda, toma café comigo e eu saio. Então ela ajuda a empregada a arrumar as camas e dar um jeito nos quartos. E saem para passear com o cachorro; ela precisa fazer exercício, você sabe. Na volta, lê um pouco e escreve. Sabia que ela diz que está escrevendo um livro" Faz o maior segredo. Primeiro escreve um rascunho a mão. Depois vai para o computador e fica digitando por um longo tempo. Mas e você, amiga" O que está acontecendo" Está precisando de alguma coisa" O que posso fazer para ajudar"

— Ah, quantas perguntas, nem sei por onde começar. Tentaram me assaltar, na semana passada, e eu me machuquei. Estou bem, mas me pergunto se isso não foi a gota d'água. Nos últimos tempos, tenho trabalhado demais e me sentido muito cansada. Além disso, não tenho hábito de tomar tanto remédio, como os antibióticos, analgésicos e antiinflamatórios que os médicos me deram. Sabia que me aplicaram até antitetânica" Estou enjoada. Não sei também se não é a menopausa.

— Não, não é — interrompeu, enfática. — E se for, você vai ao meu homeopata.

— Tenho pensado muito nos últimos dias. Lembrado de cada coisa, que você nem pode imaginar. É verdade isso que você disse, que A-afilhadinha-de-olhos-cor-de-mel está escrevendo um livro"

— Ela diz que sim. Eu não quero pressioná-la, porque, afinal, a vidinha é dela. Mostrou-me algumas páginas e eu achei tudo muito bonito e sensível. É sobre as crianças criadas pelas "papitas". É assim que ela às vezes me chama. Essas crianças, eu digo sempre, vêm com uma outra programação. São as crianças de um novo milênio e têm que ser tratadas com muita atenção, para desenvolverem tudo aquilo que trazem de bom dentro de si.

— Mas o mundo está tão diferente, é o que todos dizem...

— Sabe do que o mundo precisa" É tudo muito simples, *All you need is love*, como a gente ouvia os Beatles cantarem. Não tem mistério nenhum. Amor se exercita nos pequenos gestos, no dia-a-dia. São as pequenas atenções e as mínimas alegrias. Trata-se de abrirmos nosso coração aqui e agora, sermos verdadeiras e irmos buscar o outro, lembrando da inocência que tivemos um dia...

Senti uma alfinetada na alma. Como eu podia me lembrar da inocência que eu havia perdido e daquilo que um dia eu fui"

Quando cheguei à Inglaterra, no segundo semestre de 1970, embora de meu passaporte, falso, constasse meu nome completo, passei a inventar que no Brasil, como nos países de origem hispânica, meu último sobrenome era de minha mãe e que meu sobrenome verdadeiro, paterno, era o penúltimo. A desculpa era de que o sobrenome de mamãe — cheio de esses, ks, ys, ws e zs, impronunciável à primeira vista, como a maior parte dos sobrenomes poloneses — era mais fácil de pronunciar na Europa do que um sobrenome brasileiro.

Tinha certeza que uma sombra havia passado pelo corredor, em direção ao banheiro.

— Queridona, sabe de uma coisa" Eu queria passar a noite aqui com você. Não quero deixá-la sozinha. Mas tenho minha filha.

— Tive uma idéia. Por que você não vai em casa e a traz para cá" Passaríamos a noite as três juntas. Amanhã você levanta, vai para o trabalho e ela fica aqui comigo.

— É isso mesmo. Ela já está grandinha, sei que não vai dar trabalho para você amanhã. E vai acabar lhe fazendo companhia. Só tem um detalhe: não quero deixar você sozinha. Vou telefonar para casa e pedir à empregada que traga minha filhota para cá, junto com minhas coisas. Assim, passo sossegada a noite por aqui.

5

Enquanto minha amiga providenciava, por telefone, a vinda de sua filha para se encontrar conosco em minha casa, tive um *flash* da época em que fui morar com minha avó.

Uns dez dias depois de minha mudança, ela se assustou quando eu disse, peremptória, que não iria mais às aulas. Ela achou melhor não insistir, pelo menos naquela hora.

Eu estava fora de mim. Quando tínhamos ido buscar minhas roupas em casa, a empregada contara que meu cachorrinho havia morrido. Um dos homens que haviam levado papai e mamãe dera-lhe um pontapé na barriga porque ele latia demais. O coitadinho teve uma hemorragia interna e morreu naquela madrugada mesmo. Compreendi a razão da piscadela de olhos dura de meu tio-avô para vovó, no dia daquele nosso almoço. As coisas não estavam bem.

Eu, sem papai e mamãe, sem "meu bebê" — como eu chamava meu cachorrinho peludo e branquinho, que ganhara como presente de Natal —, tendo que sair de casa e viver escondida na casa de vovó. Isso porque acreditava piamente que estava sendo seguida e vigiada. Vovó tentava segurar todas as pontas e fingir um domínio de situação que na verdade não tinha.

No final da semana, logo depois que todo aquele pesadelo acontecera, ela — seguindo religiosamente seus hábitos — recebeu Il Maestro para almoçar no sábado. Foi assim que comecei a conhecê-lo melhor.

Ele chegara segurando uma garrafa de vinho nas mãos: *"Dante fa versi divini et chianti fa vini diversi"*, disse sorrindo, escondendo o rótulo do vinho com uma das mãos e beijando-lhe levemente os dois lados do rosto, *à la francesa*, como dizia. Tinha vindo para o Brasil em 1946. Desembarcara no Rio, onde logo conhecera uma mulher muito mais moça e muito mais rica do que ele, com quem se casara. Logo nos primeiros meses do casamento, a moça começara a manifestar sinais de loucura. O casamento fora imediatamente anulado e ele deixara o Rio de Janeiro. Vovó o conhecera depois que enviuvara, em suas idas a concertos.

Papai não gostava dele. Dizia que toda essa história era pura invenção. Il Maestro era na verdade um Casanova fascista que conseguira escapar da Itália antes de ser linchado ao final da guerra. A história do casamento era bem diferente: tinha ficado noivo de uma moça rica — é verdade —, mas, antes de dar o golpe do baú, suas reais intenções tinham sido descobertas e ele havia desistido da idéia. Vovó jurava que papai dizia isso de ciúmes. Ouvi umas das amigas de vovó comentar que Il Maestro já era casado na Itália e que o casamento fora desfeito por acusações de bigamia. Quando repeti isso para vovó, ela explicou que essa amiga era uma despeitada, porque se insinuara ao Il Maestro e este nunca lhe dera bola.

— *Ciao bella*, como está" Não se beija mão de mulher solteira, mas com você tenho que abrir uma exceção — disse-me, segurando minha mão direita, forçando delicadamente meu pulso e trazendo-a até perto de seus lábios. Senti sua respiração leve sobre o dorso de minha mão.

Seu beija-mão era sua marca registrada. Diferente de todos, em vez de se curvar em direção à mão da mulher, erguia as mãos dela até a proximidade de sua boca, quase tocando-as com os lábios e mirando-a fixamente nos olhos. Dizia que havia aprendido isso com um príncipe romeno que conhecera em Paris. Que príncipe era esse, pouco importava; o fato é que o efeito do salamaleque era... pá-pum... certeiro junto ao público feminino.

— Maestro, um aperitivo antes do almoço" Um vermute"— perguntou minha avó.

— *Per piacere*, com bastante gelo e, se não for muito incômodo, uma casquinha de laranja.

Encontramos a mesa muito bem-posta, onde um batalhão de pratos, copos, travessas e descansos — para travessas e talheres — montava guarda, todos impecáveis e reluzentes. Vovó começou a servir, e tudo pareceu ter criado vida, dando a impressão de estarem dançando um minueto elegante. Guardanapos foram desfraldados e deram um curto aceno antes de se eclipsarem em nossos colos.

Il Maestro desculpou-se pelo vinho tinto que havia trazido, que não combinava com a entrada que fora servida, à base de peixe. Vovó, todavia, fez vir da cozinha uma garrafa aberta de vinho branco, bem gelado. Il Maestro indagou, espirituosamente:

— Se Adão perdeu o paraíso por causa de uma maçã, o que ele não teria feito por um javali trufado"

E desta forma iniciou-se uma conversa amena entre eles. Controlando-se ou não, falaram sobre o tempo, as notícias do mundo em geral e os planos do Il Maestro para a temporada que se iniciaria no final de março. Quando a empregada trouxe a bandeja com o café, ele mudou o tom de voz e a expressão do rosto.

— Fiquei muito preocupado quando soube o que aconteceu. Sei o que é ser acusado injustamente. Saiba que estou de seu lado. Talvez eu não possa ajudar muito e fazer grande coisa. Mas estarei por perto, pronto para o que for preciso.

Olhando para mim, estendeu a palma de sua mão enorme em minha direção, completando;

— E você também, *carina*. Estou ao seu lado e, como dizem os jovens, para o que der e vier. Não vai se esquecer, não é mesmo" Às vezes, os jovens têm memória curta. É que a vida passa tão rápido... *Ecco*, às vezes ela é mesmo curta. *Amore*, há um relógio em Paris, em um bairro chamado Marais, em que está escrito, em torno do mostruário das horas: "Só marco as horas felizes." Vai guardar isso que estou lhe dizendo agora"

Encarando-o, vi que seus olhos eram claros, de um azul (ou seria verde") profundo.

— E *allora*, que tal um pouco de música"

Antes que uma de nós respondesse, levantou-se e com desenvoltura rumou para o piano. Vovó dobrou os guardanapos e os colocou na bandeja em que havia servido o café. Dirigi-me com má vontade para a sala. Reinando no ambiente, lá estava ele, sério em um canto: o piano meia-cauda preto, o tesouro de minha avó. Lancei-me numa poltrona, que, com meu peso, escorregou um pouco para trás. Fechei os olhos, como se de olhos fechados pudesse enxergar alguma saída para a dor que não me abandonava.

Descerrei os olhos e vi que Il Maestro também abria a parte superior do instrumento. Era um homem bonito, um tipo leonino. Antes de sentar-se à mesa para o almoço, tinha pedido autorização para tirar o paletó. Estava de camisa, mas sem gravata. Portava um lenço estampado em cores escuras enrolado no pescoço, por dentro do colarinho. Sentado na banqueta do piano, deu duas voltas em cada um dos punhos desabotoados da camisa, experimentou os pedais, e quando minha avó juntou-se a nós, perguntou-lhe:

— *Andiamo?*

Antes que vovó respondesse, começou a dedilhar o teclado para cima e para baixo, olhou fixamente para as teclas e fez um "hã-hã" seco e ligeiro. O vaivém das escalas começou a ficar cada vez mais lento e, de repente, ordenou-se em acordes pesados que deram início a uma melodia que ele passou a cantar. Embora eu não falasse alemão, pude distinguir na letra *nicht*, *Lieb*, aquilo que entendi como *Diamantenpracht*, *nacht* e *Traume*. A canção foi curta e arrebatada, durando pouco mais de um minuto.

Assim que terminou, vovó exclamou "Bravo", ao mesmo tempo que começou a aplaudir.

— Um dos *lieder* de Schumann, da série *Os amores do poeta*. Comprei a partitura esta semana e comecei a estudá-los. Bonito, não acham" — e sem aguardar nossa manifestação foi em frente. — A letra é baseada em um poema de Heine. Nela, o poeta afirma não maldizer aquela que o fez sofrer. O brilho do diamante que a amada traz na mão faz com que o poeta enxergue a víbora que consome o coração daquela que um dia ele imaginou amar. O poeta a perdoa, porque é ela a mais infeliz nessa história toda.

— Mais uma, maestro.

Ignorando o pedido de vovó, ele continuou seu discurso, dirigindo-se para um público imaginário.

— Gosto *veramente* desse casamento entre música e literatura. Vou contar uma historieta muito antiga, uma das primeiras a serem escritas. No meio de uma floresta, uma caixa misteriosa foi encontrada. Todos, muito curiosos, queriam saber o que havia dentro dela, da *scatola*. Chacoalharam-na, cheiraram-na, examinaram-na, mas nem pista do que poderia estar ali guardado. Resolveram abri-la. Dentro, encontraram a música. *Et voilà...* isso significava que a música havia precedido a existência da caixa. Portanto, a música seria *la prima cosa*. A primeira coisa a existir no mundo. Mas daí ocorreu às pessoas que fora necessária a escrita para que a história do nascimento da música fosse registrada e para sempre contada.

— Que lindo, maestro! Agora, se não tem intenção de continuar, deixe-me tocar um pouco. Com sua licença — disse vovó, dirigindo-se para o piano, enquanto Il Maestro cedia-lhe o lugar.

Ela sentou-se e murmurou para mim:

— Esta é para você, filha.

Vovó tocou um noturno de Chopin. Il Maestro ouviu-o de olhos fechados, sentado em um cadeira que trouxera sem fazer barulho para o lado do piano. Quando vovó terminou, ele falou forte "Brava", mas não chegou a bater palmas.

Continuaram assim até o anoitecer, revezando-se ao piano. Quando ele vestiu o paletó para ir embora, vovó o acompanhou até a porta. Vi que ele a beijou na testa, e os dois se abraçaram demoradamente até ele partir.

6

— Pronto. Daqui a pouco ela estoura por aí. Mas me diga uma coisa: o que você está sentindo, na realidade"

— Eu não sei — respondi para Aquela-que-seguiu-o-exemplo-das-amazonas. — Eu não sei. Desde o dia do assalto, estou sendo assaltada — e isto não é um jogo de palavras — por lembranças que nem eu imaginava que tinha.

— Como assim"

— Não sei, mas me veio à cabeça uma cena que deve ter ocorrido lá por 1967 ou 1968. Não, foi em 1968, quando houve em São Paulo um confronto entre os alunos da faculdade de Filosofia e os que estudavam no Mackenzie, cada um dos grupos em calçadas opostas na Rua Maria Antônia. Nesse dia, papai apareceu em casa, presta bem atenção, carregando nos braços uma estudante que havia sido queimada nessa confusão. Ele entrou pela porta de casa igualzinho ao Clark Gable carregando a

Scarlett O'Hara em *E o Vento Levou...* Um amigo dele trazia uma outra moça, também ferida e carregada nos braços. Eu fiquei com muito ciúme.

— Não era sua mãe quem devia ficar com ciúme dele"

— Ela tratou dessas moças, que tinham sido queimadas com o ácido que os alunos do Mackenzie jogaram sobre elas. As garotas, mesmo feridas, saíram correndo para não serem pegas e entregues à polícia. Porém, não podiam ser levadas para um hospital, porque naquela época havia policiais e olheiros controlando as entradas de feridos. Não sei quem teve a idéia de escondê-las em nossa casa. Elas não tinham família aqui. Mamãe deu um jeito na que estava menos ferida, chamou os pais e despachou-a para casa. Mas a outra, em pior estado, ficou em casa por um tempinho. Dormia em meu quarto comigo. Fumava, derrubava restos de comida no chão e eu reclamava. Mas meu pai dizia que isso era implicância minha.

— Ah, querida. Sua reação era natural. Você tinha ciúme da vida que seus pais levavam.

— Eles eram da Juventude Católica, mas depois entraram para a AP, Ação Popular, formada depois de 1964. Olha, tinha cada história deles...

— Os parentes de sua mãe nunca procuraram você depois que ela foi presa e desapareceu"

— Não, porque eles morriam de medo do comunismo. E diziam que minha mãe era comunista. Coitada

dela, só era apaixonada por meu pai. Nunca contei que um dia, depois de uma feijoada enorme, para não sei quantas pessoas em casa, eu entrei na cozinha e vi uma das convidadas beijando papai na boca"
— Não me diga! E sua mãe"
— Nem desconfiou. Mas foi a mulher que agarrou meu pai. Eu vi que ele estava com um copo em cada mão e seus braços estavam assim, meio levantados para cima, enquanto ela o agarrava.
— Quem era ela"
— Uma daquelas desocupadas, tenho certeza, de fala mansa, que tinham arrancado o sutiã e decidido "procurar a própria identidade", não era assim que se falava" Foi uma leva de desquites. Lembra, não havia divórcio em 1968. Meus pais, no final desse ano, foram passar o *réveillon* no Rio de Janeiro. Eu fiquei com minha avó. Sabia que eles foram àquela célebre festa de passagem de ano mencionada no livro do Zuenir Ventura" Aquela descrita em *1968 — O ano que não terminou*" Mas nós estávamos juntos no começo de dezembro, quando deu na televisão que o governo tinha decretado o AI-5. A partir daí, sim, é que as coisas foram ficando cada vez mais difíceis.

— Meus pais eram tão diferentes dos seus — observou com um pouco de nostalgia Aquela-que-seguiu-o-exemplo-das-amazonas. — Parece que eu e você vivíamos em mundos separados. Papai e mamãe prezavam tanto a segurança...

— Sim, mas até hoje sua mãe está viva.

O pai de Aquela-que-seguiu-o-exemplo-das-amazonas havia morrido de repente, vítima de enfarte, antes de ela engravidar.

7

— Mamãe! Mamãe! — e ela entrou em meu quarto, com uma mochila de lona crua a tiracolo, de um lado, e um cabide coberto com um protetor de plástico, do outro.

Deu um beijo na mãe e, decidida, caminhou até uma poltrona que havia em meu quarto. Em cima dela depositou sua mochila e colocou o cabide no encosto. Pelo volume, dava para notar que alguma coisa devia estar dependurada sob o plástico.

— Oi, tia — disse sorrindo para mim. Pude ver os aros de metal do aparelho que envolviam os seus dentes de baixo e os de cima.

— Dá um beijo bem gostoso na sua tia. Filhinha, o que você trouxe para mamãe vestir amanhã"

— Aquele conjunto preto que você comprou, aquele que tem uma gola de tecido brilhante — respondeu A-afilhadinha-de-olhos-cor-de-mel, jogando-se na cama, me alcançando e me dando um beijo estralado no rosto.

— Filha, você trouxe o meu *smoking*" É roupa de festa. Como é que vou trabalhar amanhã de manhã usando um *smoking*"

— É que eu acho ele tão bonitinho.

— Não fica brava com ela. A gente arranja alguma coisa em meus armários para você usar amanhã.

Quando A-afilhadinha-de-olhos-cor-de-mel me beijou, senti sua pele macia e de cheiro doce. Não aquela doçura que havia notado no ar na parte da manhã, antes de vomitar e desmaiar. Desta vez era um cheiro de baunilha, igual ao daqueles cremes amarelos que recheiam os sonhos nas padarias. Ela estava mesmo crescida. E muito bonita.

— O que vamos jantar, mamãe"

— Pergunte à sua madrinha — retrucou Aquela-que-seguiu-o-exemplo-das-amazonas.

— Eu não estou muito bem. Por isso, pedi que preparassem uma sopa. Uma canja de galinha bem gostosa.

— Madrinha, eu não gosto muito de sopa. — E olhando para sua mãe, disse baixo, mas não o bastante para que não ouvisse: — Você não disse que era para eu vir para cá para tomar sopinha.

— Sem problemas: eu tomo minha canjinha e vocês pedem por telefone sua comidinha. Na copa eu tenho uma porção de cardápios de lugares que entregam a domicílio: pizza, comida chinesa, empanadas, comida italiana ou japonesa, enfim, tudo para essa *bambolina* (que saudades eu sentia do Il Maestro).

— Ebaaaaaaaaaaaaaaaaaaa!

Enquanto vocês escolhem e fazem o pedido, vou me levantar desta cama e me arrumar para comermos todas juntas.

Escovando os cabelos, ainda com muito cuidado por causa dos pontos, estava me olhando no espelho acima da pia do banheiro. Subitamente, como se estivesse na frente de uma tela de cinema, vi a cena do dia em que fora ao presídio Tiradentes, onde ficavam detidos os presos políticos.

Minha avó tinha organizado tudo. Seu objetivo era ver se conseguíamos obter alguma informação sobre o paradeiro de meus pais junto aos outros presos. Quem sabe, algum deles poderia ter cruzado com papai ou mamãe em um interrogatório ou escutado alguma coisa.

Como eu era menor, permitiam minha entrada, nos dias estabelecidos para visitas, desde que acompanhando pessoas autorizadas a entrar, com ordem expedida pela Auditoria Militar. Vovó entrou em contato com uma senhora cuja filha havia sido julgada por crime político e cumpria pena. Nesse dia, a primeira quarta-feira do mês de abril, vovó me deixou logo depois do almoço na casa dessa pessoa. Um de seus filhos nos levou de carro até o presídio. Chegamos cedo, porque a senhorinha — ela era muito baixinha e magrinha — queria estar a postos assim que abrissem os portões, para aproveitar cada segundo ao lado da filha.

Eu estava de preto. Com uma saia muito comprida. Entramos. Seguindo as orientações que recebera de minha avó, tinha que me aproximar de cada detida, dizer quem eu era e pedir notícias de meus pais. Por um lado, eu me sentia ridícula, no pátio cinzento de um presídio feminino, apresentando-me para gente que eu nunca havia visto, cuja eventual informação me seria tão cara e bem-vinda.

Por outro, estava apavorada. Tinha a idéia fixa de que estava sendo seguida. E se alguém aparecesse ou algo acontecesse" Ou, sendo direta e não mentindo: e se ele, aquele cujo rosto eu era incapaz de reconhecer, mas cujo veneno havia sido inoculado em minhas entranhas, surgisse e aquela cena se repetisse" Não dizem que os criminosos sempre voltam ao local do crime"

Lá pelas tantas, avisaram-me que uma das presas iria passar para o lado masculino; eu poderia aproveitar e passar com ela. Atravessamos o muro que separava as duas alas através de uma porta de ferro que foi aberta e imediatamente fechada às nossas costas. Quando eu era pequena, mas muito pequena mesmo — ainda nem sabia ler —, ia ao escritório que papai tinha em casa, onde ele às vezes trabalhava e tinha seus livros. Entre eles havia uma *Divina Comédia* cujas ilustrações bem mais tarde eu vim a saber que eram de Gustave Doré. Eu tinha medo de ter que encarar aqueles corpos retorcidos, aqueles rostos agonizantes, aquele sofrimento patente, tudo sombra, escuro e cinza.

Passado um corredor estreito, demos em um outro pátio, em nada diferente do anterior, só que mais cheio. Havia muitas mulheres, jovens e mais velhas, e algumas crianças, que vieram visitar os presos. Desta vez, pelo menos, não passei pelo vexame de ter que me apresentar de grupinho em grupinho. Havia presos de todas as idades e de todos os tipos, e alguns deles, avisados pela moça que eu acompanhava, vieram aos poucos se aproximando, se apresentando e falando comigo.

Infelizmente, eram mais palavras de consolo e de força do que alguma notícia sobre papai e mamãe. Três dos presos eu já conhecia da igreja dos dominicanos: frei Beto, frei Fernando e frei Giorgio. Eles perguntaram como minha avó estava e eu respondi que tínhamos assistido juntas ao ofício de trevas, na Sexta-feira Santa, no Convento das Perdizes.

Capítulo V

1

— Você se lembra de quando ficávamos doentes, na época em que éramos pequenas, e nos davam canja e depois uma maçã" — perguntei a Aquela-que-seguiu-o-exemplo-das-amazonas. — Naquele tempo, elas vinham da Argentina, embrulhadas em uns papéis de seda azul-escuros.

— Não só disso, como das embrocações com Colubiazol que papai fazia em mim quando eu tinha dor de garganta.

Estávamos sentadas na sala de jantar, que, por sinal, eu quase nunca usava. Costumava comer na copa. Eu tomava minha canja e Aquela-que-seguiu-o-exemplo-das-amazonas e A-afilhadinha-de-olhos-cor-de-mel tinham pedido, em um restaurante italiano, um filé com molho de cogumelos, acompanhado de *risotto*, que dividiam. As duas tinham posto a mesa e A-afilhadinha-de-olhos-cor-de-mel colocara uma peça de porcelana meio oriental e muito bonita — que viera da casa de vovó, depois que ela morrera — no centro da mesa para enfeitar.

— Tia, você tem umas coisas tão lindas... Por que não convida a gente para vir mais vezes aqui para ficar com você" Depois do jantar eu posso tocar piano"

O piano da minha avó — seu orgulho — viera também para minha casa depois de sua morte.

— Filha, sua madrinha não está bem e precisa descansar. Vamos deixar isso para um outro dia.

— Posso, então, ver um de seus DVDs" — continuou A-afilhadinha-de-olhos-cor-de-mel com seu inquérito.

— Vamos acabar de jantar, arrumar nosso quarto e dormir. Amanhã vocês podem ficar na cama até tarde, mas eu tenho que acordar cedo e terei muito o que fazer durante o dia.

— E eu vou cuidar da madrinha, não é, tia" Tive uma idéia: por que não dormimos todas juntinhas na cama grande da madrinha, para antes de dormir brincarmos de ninhadinha"

— O que é isso" — indaguei, curiosa.

— A gente deita bem juntinho, coladinhas uma na outra, puxa o cobertor até cobrir a cabeça e fica fazendo "hum, hum, hum, hum" como se fôssemos bichinhos perdidos da mãe, sozinhos no fundo da floresta. Aí vem o "Monstro Rochador", que rocha a gente até a gente não agüentar.

— O que é rochar"
— É rochar. Assim, olha! — e ela fechou os punhos, agitando-os em círculos pequenos, na altura dos olhos, bem franzidos, do mesmo jeito que a boca.

Continuei a não entender. Mas antes que lhe pedisse para explicar, sua mãe, fazendo-se falsamente de zangada, disse:

— Eu pensei que essa brincadeira era só comigo, assim não vale.

Depois disso, Aquela-que-seguiu-o-exemplo-das-amazonas agitou o guardanapo de pano, como se quisesse com ele alcançar a filha e castigá-la.

— Ha-ha-ha, você não me pega, você não me pega! — falou rápido A-afilhadinha-de-olhos-cor-de-mel, rindo e mostrando bem os dentes e seu aparelho ortodôntico. Ágil, mudando de entonação, assumiu um ar sério, fitando de dedo em riste Aquela-que-seguiu-o-exemplo-das-amazonas:

— Mãe, ela é minha madrinha. É como se fosse uma segunda mãe. Se você morrer, ela é que cuidará de mim. Levantou-se e, de pé, a meu lado, abraçou-me pelos ombros. — Ela está doente e precisa se distrair, você mesma disse. E eu queria que ela "rizasse"!

— E o que é "rizar"" Não estou entendendo — disse eu, ao dar um beijo em seu rosto.

E todas nós começamos a "rizar" bem alto.

2

Enquanto dávamos um jeito na louça usada no jantar, A-afilhadinha-de-olhos-cor-de-mel foi para a sala do vídeo. Quando fomos ver o que estava fazendo, vimos que ela adormecera. Aquela-que-seguiu-o-exemplo-das-amazonas cobriu-a com uma manta e fomos para a sala conversar mais um pouco antes de dormir.

— Ela está linda. É tão alegre e tão meiga — observei.

— A melhor coisa que me aconteceu na vida — afirmou Aquela-que-seguiu-o-exemplo-das-amazonas.

— E você acha que ela sente falta do pai"

— Na vida, a gente sempre sente falta de alguma coisa. Senti a falta de mais atenção de meus pais. Tinha que dividi-los com meus outros irmãos. Senti a falta de uma irmã, lembra-se" Na época do ginásio, conversávamos sobre isso. Por um tempo, senti a falta de não ter encontrado um grande amor. Como se me faltasse um pedaço. Depois, vi que isso era bobagem.

— Mas pai, dizem, é uma figura que estrutura a vida da gente — disse eu, já sem muita certeza.

— Não sei. O que sei é que criar os filhos sempre foi uma atividade feminina. Mesmo naqueles casais que a gente acha perfeitos, na hora do vamos-ver, sobra sempre para a mãe segurar a cabeça de filho quando ele vai vomitar na privada, fazer curativo, fazer companhia quando ele se machuca, quando tem dor de barriga. É por isso que os judeus consideram judeu o filho de mulher judia. E olha você: perdeu seus pais muito cedo, mas não conheço quem tenha uma vida mais bem estruturada — observou enfática Aquela-que-seguiu-o-exemplo-das-amazonas.

— Não sei se sou feliz. Não sei se nossa geração é feliz — continuei, com mais dúvidas ainda.

— Nós tivemos e temos tantas escolhas, que ficamos até decidindo se somos felizes ou não. Olha o meu caso: eu optei por ter uma filha e tive. Você imagina como seria essa história há 50 anos" Nas consideradas boas famílias, quem engravidava sem casar tinha dois destinos naquela época: se fosse pobre, ia para o interior, tinha a criança lá e voltava com uma irmã menor, que era registrada como filha pelos avós; se fosse rica, ia para a Europa e voltava do mesmo jeito que a mais pobre, com uma irmãzinha. Sem pensar nos casos piores, em que a família se desfazia da criança logo depois do parto, e aquelas mães, então, quase enlouqueciam. E isso não é história de ópera, era mesmo o que ocorria. Eu pude ter minha filha quando quis, do jeito que quis, dou a criação que acho melhor e não acredito que ela terá problemas, declarou Aquela-que-seguiu-o-exemplo-das-amazonas.

— Eu percebi que você fala de morte para ela.

— Não é falar de morte para lhe dar medo ou como se fosse uma tragédia. Mas ensinar que a morte faz parte da vida. Essas crianças são especiais, como sempre digo. Podem não ter a figura paterna, mas são filhos do cosmo. Ela pode não ter o pai a seu lado, mas tem uma mãe que a ama, que quis recebê-la no ventre e niná-la nos braços, mais do que ninguém — disse séria Aquela-que-seguiu-o-exemplo-das-amazonas.

— Tem gente que diz que isso é egoísmo.

— Egoísmo é ter filho para manter casamento falido — disse Aquela-que-seguiu-o-exemplo-das-amazonas antes de um suspiro. E continuou, retomando o mesmo ânimo. — Ela não é a única nessa situação. Na escola, só na classe dela, são três meninas. Com a diferença de que uma perdeu o pai quando estava ainda na barriga da mãe; a outra, os pais se separaram quando ela não tinha completado um ano, e o pai foi morar em outro estado.

— E que modelos irão ter essas meninas"

— De mãe fortes, que as criaram sozinhas. As coisas mudaram, amiga. Em nossa época, os desenhos animados eram com o Super-homem. Hoje, elas vêem Meninas Superpoderosas. Olha só os nomes das personagens: Lindinha, Docinho e Florzinha. Elas têm superpoderes, mas são menininhas. Não se afastam do feminino. Nossa geração usufruiu o *status* de libertação da nova mulher. As âncoras foram levantadas. Agora será a vez de elas navegarem — disse Aquela-que-seguiu-o-exemplo-das-amazonas, esticando os braços para os lados e espreguiçando-se.

— Você não leu a condessa de Ségur para ela" — perguntei, clicando um dos olhos, como se a pergunta fosse mais uma brincadeira, como uma daquelas que fizéramos na mesa enquanto comíamos.

— Não cheguei a ler, mas não veria problema nenhum se tivesse lido. Antes, explicaria que a condessa escrevera para manter a família, sem dinheiro nenhum depois que seu marido estróina torrara toda a fortuna — replicou Aquela-que-seguiu-o-exemplo-das-amazonas.

— Você acha mesmo que eu tenho uma vida estruturada" — insisti, voltando ao assunto.

— Mas o que é isso agora" Você ainda tem dúvida" Sempre achei você o máximo, desde a época em que éramos adolescentes. Sempre tão estudiosa e tão culta! Teve, depois, toda aquela história com seus pais, mas acho que soube como contorná-la. Quantas em seu lugar não teriam naufragado" Você fez sua vida: estudou fora, trabalhou, ganhou dinheiro, passeou, foi, voltou, teve seus amores... Olha quanta coisa você conseguiu fazer.

— Você acha mesmo" — indaguei mais uma vez.

— Você não está enxergando a realidade. Não fui eu a indicada para receber o prêmio de melhor empreendedora do ano, *baby*. Não sou eu quem está dizendo, é a prática que está comprovando — afirmou Aquela-que-seguiu-o-exemplo-das-amazonas, com mais ênfase do que antes.

— Mas eu não casei, não tive filhos, sou assombrada por uma porção de lembranças e tenho tantos projetos abandonados atrás de minhas costas...

— E quem disse que as mulheres só se realizam no casamento" Sua avó — dou esse exemplo porque você sempre fala muito nela — parece que começou a viver depois que enviuvou. Seu avô não gostava que ela fosse a festas, tocasse piano e freqüentasse concertos. Você não diz sempre que ela comprou o piano com o dinheiro que recebeu do seguro de vida que ele deixou" E filhos" Conheço mães que, no fundo, devem olhar para suas crianças e perguntar o que fizeram de suas juventudes, de suas vidas. No meu caso, a maternidade foi um grande acontecimento, uma revelação, mas sei que com cada uma acontece de um jeito. Tudo é muito subjetivo, entenda. Não venha com essas generalidades, de que a mulher só se realiza na maternidade. Eu me realizei, é verdade, mas tem gente que só se realiza trabalhando, outras servindo aos outros, outras sendo artistas, outras ainda escrevendo um livro...

Nesse momento, eu cortei Aquela-que-seguiu-o-exemplo-das-amazonas de forma brusca:

— Eu queria tanto escrever um livro!

— Pois sente o traseiro em uma cadeira e escreva, querida. Não tem mistério — aconselhou Aquela-que-seguiu-o-exemplo-das-amazonas.

— E enquanto eu estiver escrevendo... acho tão presunçoso dizer "Estou escrevendo um livro"...

— E precisa dizer" Não comenta o assunto, muito simples. Faça e não fale. Um gesto concreto e bem intencionado coloca em marcha uma energia que nós nem podemos imaginar. Não fantasia. Às vezes, um escritor é apenas um escritor, você me entende" Uma vez, li que o Anthony Burgess começou a escrever porque descobriu que estava muito doente e iria morrer. Queria deixar uma renda extra para a mulher. Achou que direitos autorais poderiam quebrar um galho. Não morreu e publicou muitos livros. Escreva, querida, escreva. Entre os jogadores de cartas, há um dito segundo o qual pode-se jogar errado, mas se é obrigado a jogar depressa — disse Aquela-que-seguiu-o-exemplo-das-amazonas, desta vez esticando as pernas e, de novo, espreguiçando-se.

— Eu tenho pensado muito... O que você acha da nossa geração, das mulheres, em especial"

— Não posso dizer nada, não acabei de afirmar que acredito que tudo é muito relativo e subjetivo" Eu não consigo generalizar.

— Para mim, somos as netas da Ema.

— O quê" Não estou entendendo onde você quer chegar.

— Somos todas netas da Ema Bovary. Lemos o livro juntas no ginásio. Lembra-se de nosso professor de francês" Apesar de muito modernas — todas acompanhamos *Sex and the City* na TV a cabo —, corremos atrás de fantasmas antigos. Entendemos o que é previdência privada e dívida pública, entretanto temos devaneios e fantasias de mocinhas, que colaram em nossas peles de bebê ao nascermos. Temos tudo para sermos felizes. Mas essas fantasias nos impedem de realizar essa felicidade.

— Se me lembro bem, Flaubert descreve Ema como uma mulher insatisfeita com sua condição de esposa de médico de província. Ela tinha lido muito, digerido mal o que lera, e resolveu, de modo equivocado, viver suas fantasias — observou Aquela-que-seguiu-o-exemplo-das-amazonas.

— Há um séquito de admiradores da Ema Bovary, você sabia" — perguntei-lhe.

— Veja bem, o livro foi escrito por Flaubert — um machista, diga-se de passagem —, que, paradoxalmente, afirma depois que Madame Bovary era ele — contestou Aquela-que-seguiu-o-exemplo-das-amazonas.

— Um deles, Vargas Llosa, escreveu *A orgia perpétua*, uma homenagem a Flaubert e à sua personagem. "O único meio de suportar a existência é despojar-se na literatura como em uma orgia perpétua." Ele, afirma, entre outras coisas — como, por exemplo, que Flaubert tinha um fetiche por pés, enumerando todas as cenas em que são mencionados os pés, sapatos e meias de Ema —, que Ema é a mulher que todos os homens amam.

— Amor, a vida foi feita para ser vivida e não para ser lida — disse, desta vez impaciente, Aquela-que-seguiu-o-exemplo-das-amazonas.

— Você não pegou bem meu ponto. Toda história pode ser lida de mais de um jeito. Veja o caso da Ema. Dentro de uma análise objetiva, ela tem um marido que, por mais simplório que seja, a ama. Tem casa, comida, empregada, o respeito da cidade, boas roupas, um piano, tudo dado pelo marido!

— Pois é, um piano, uma coisa que seu avô nunca deu para sua avó... — disse Aquela-que-seguiu-o-exemplo-das-amazonas, em meio a uma gargalhada.

Fiquei séria, como se não tivesse ouvido. Continuei:

— Charles, o infeliz do marido, passa muito tempo fora, atendendo os pacientes dispersos pelos arredores, o que dá a Ema o espaço suficiente para administrar sua vida. Poderia ter os amantes que quisesse.

— E teve. Foi uma inconformista e usufruiu a vida, coisa de que a maioria das mulheres foram impedidas na época — completou Aquela-que-seguiu-o-exemplo-das-amazonas.

— Mas Ema não é feliz. Quer mais, sempre mais.

— Querida, então presta atenção: Eva foi a primeira Ema. Estava no paraíso, tinha tudo, mas quis porque quis que Adão experimentasse a maçã. Eva foi a primeira a querer mais.

Rimos. Desde sexta-feira, era a primeira vez que eu realmente achava graça e ria daquele jeito.

— E qual a razão dessa ligação de netas e não de filhas" — indagou-me Aquela-que-seguiu-o-exemplo-das-amazonas, em meio a nossas risadas.

— No último parágrafo do livro, Flaubert traça, em três linhas, o destino da filha de Ema. Berthe — esse é seu nome — é levada da cidade e vai morar com uma tia. Isso porque, após a morte da mãe, seu pai morrera também, de desgosto. Essa tia manda a pobre sobrinha trabalhar em uma tecelagem. Muitos escritores fizeram variações sobre os rumos dessa menina. A maior parte deles imagina que a filha de Ema se dá bem na vida. Fazendo um bom casamento, segundo alguns, indo para Paris e tornando-se uma cortesã, segundo outros. O certo é que há um mistério. Levando em consideração esse elo perdido, dou o pulo de Ema para nós, suas netas. Ignoro Berthe.

— O segredo pode estar nessa parte da história que não ficou conhecida. Berthe pode ter vingado sua mãe,

Ema, libertando-se por realizar sem culpa todas as suas fantasias, você não acha" Pensa nisso, querida — concluiu Aquela-que-seguiu-o-exemplo-das-amazonas, desta vez esticando todo o corpo, dos pés à cabeça. — Agora, eu tenho que dormir. Não sou de papel, sou de carne e osso, e amanhã acordo cedo para trabalhar.

— Nem vi o tempo passar. Estou muito feliz por vocês duas estarem esta noite aqui comigo.

— Fique sabendo que eu a quero muito bem — disse Aquela-que-seguiu-o-exemplo-das-amazonas, bocejando. Tenho muito carinho por você, comadre.

— Você sabe que eu não gosto que me trate assim. Sou a madrinha de sua filha.

— Tudo bem, vem cá e dá um beijo de boa-noite, madrinha da minha filha.

3

Em uma grande exposição de artigos de decoração, avistei um moço belíssimo. Ele puxou conversa comigo e começou a insinuar-se de modo flagrante. Senti-me atraída por ele, mas ao mesmo tempo segurei-me, pois sabia que, conhecendo minha idade, iria se decepcionar. Homens, em geral, não gostam das mulheres com mais de 50 anos. Tomando a dianteira, perguntei a sua idade. Ele disse que tinha 40 anos. Eu disse que não acreditava e que queria ver sua carteira de identidade. Ele replicou, explicando que já tinha concluído duas faculdades, mestrado e doutorado, e que isso não seria possível se não tivesse a idade que afirmara ter.

Dizendo isso, puxou-me para junto de seu corpo e beijou-me na boca. Ele tinha cabelos escuros e uma pele muito alva. Era alto e inclinou-se para encontrar-me a boca. Pegou carinhosamente minha mão e colocou-a junto ao peito.

Como por encanto, vi-me transportada para o interior de um grande castelo em estilo normando. Era onde eu morava. O pé-direito era altíssimo, e os ambientes eram todos recobertos de painéis de madeira entalhada com detalhes neogóticos. Aquele moço lindo da exposição tinha vindo jantar em casa, e eu queria impressioná-lo. Fui até meu quarto — que ficava numa torre bem no alto — e separei a roupa que usaria nesse jantar.

Escolhi um vestido branco, de corpo alongado e corte seco, igual àqueles que acreditava serem usados pelas mulheres na Idade Média (ou pelo menos na idéia romantizada que eu fazia da Idade Média). Isso feito, disparei escada abaixo para a cozinha. Queria ver o que havia para jantar, arrumar a mesa eu mesma e escolher o vinho. Tudo para me exibir, mostrando meu bom gosto e o requinte em que vivia.

Meu pai era uma espécie de Wotan, e eu tinha vários irmãos. Estes, vendo minha excitação, aproximaram-se. Eu estava exultante. De volta a meu quarto com eles, ouvi um barulho vindo do alto. Fui para perto da lareira e inclinei-me para ver de onde vinha aquele ruído. Uma grande massa de fuligem caiu em cima de minha cabeça, dando-me um tranco. Meus irmãos acudiram-me. Alertaram-me do perigo: o que tinha despencado sobre mim e se colara a meus cabelos era uma nuvem de *zimuth*, material altamente radioativo, que me mataria em poucas horas.

Fiquei desesperada: morrer logo agora que havia encontrado meu grande amor"

Meu pai, todo-poderoso, apareceu em meu quarto, chamado por meus irmãos. Decidiu, então, conceder-me uma graça. Iria presentear-me com uma sobrevida, apenas o suficiente para que eu passasse uma única noite com meu amor. Impôs suas mãos sobre minha cabeça e me vi banhada por uma luz de um azul-arroxeado. Um brilho intenso iluminou-me por dentro e eu ouvi a voz de meu pai dizendo que eu havia recobrado a virgindade, a inocência e a beleza, que não se corrompiam com o tempo.

4

— Tia, será que eu posso dormir com você" Mamãe acordou, tomou café e foi embora.

Sem que eu respondesse, aquele corpo de menina, cheirando a sono, subiu na cama, deslizou sob os lençóis e se aconchegou no travesseiro a meu lado.

Muitos anos atrás, quando eu tinha exatamente 13 anos, tivera um sonho em que meu pai — que usava um capacete com dois chifres, parecendo um deus nórdico — era da mesma estirpe do pai desse sonho que eu acabara de sonhar.

Naquele sonho da adolescência, meu pai *viking* e divino transformava os filhos em morcegos, para que todos, eu inclusive, saíssemos voando assim que a noite caía. Eu não gostava nem de me ver alterada nem de ter que sair voando pelo escuro. Já transformada em um pequeno morcego, debatia-me para ficar pendurada em uma das paredes de casa, correndo o risco de despertar a ira de meu pai.

Só havia uma salvação, representada pela chuva. Quando chovia, podíamos todos ficar em casa. Por isso, minha mãe onírica transformava-se em chuva para que os filhos não tivessem que vagar como morcegos pelos vazios da noite.

Como me lembrava de papai" Ele era alto, forte, de pele clara e olhos escuros. Seus cabelos eram fartos e anelados, como os de um anjo, mamãe dizia. Eu herdara os olhos dele e os cabelos lisos e aloirados de minha mãe. Dela, eu também tinha as maçãs do rosto protuberantes.

Papai preenchia o ambiente ao entrar. Quando andava, deslocava o ar em seu rastro. Transmitia uma vitalidade que eu nunca mais encontrara em ninguém. Era alegre, falava alto, era comunicativo e sorridente. Sonoro e luminoso, causava grande contraste com o comedimento e a discrição de mamãe, que, apesar de bonita, era apagada. Talvez fosse um pouco tímida ou, quem sabe, achava-se diminuída perto dele...

Papai, papai, como será que meu pai morreu" Sofrendo por me deixar, lastimando por arrastar mamãe junto com ele, ou simplesmente em paz, por ter ido até o ponto final daquele trajeto que ele achava o mais certo, a única via decente a ser percorrida" Por um sem-número de vezes, perguntei-me quem teria morrido primeiro. Papai ou mamãe" *Ladies first?* E todas as vezes que olhei para a célebre imagem de Guevara, com aquelas pupilas fixas em um horizonte imaginário, indaguei a mim mesma se meu pai, em algum balcão celeste, estaria olhando assim para mim. O que ele pensaria de sua filha, hoje com mais idade do que ele próprio quando desaparecera"

— Tia, você me chama quando for tomar o café da manhã" — resmungou baixinho A afilhadinha-de-olhos-cor-de-mel.

— Chamo, querida. O que você gosta de tomar de café"

Ela não respondeu, parecendo que tinha caído, de novo, num sono profundo.

5

Levantei e tentei sair do quarto sem fazer ruído para não despertar A-afilhadinha-de-olhos-cor-de-mel. Quase morri de susto, entretanto, ao tropeçar em duas enormes pantufas de pelúcia rosa-shocking que ela tinha largado ao lado de minha cama. Olhadas mais de perto, pareciam dois bichos jogados em meu caminho. Tinham cara de hipopótamo, topetinhos de pele de coelho, umas instigantes asinhas amarelas coladas ao lado das orelhas e um coração bem vermelho estampado no traseiro. Por causa de todas essas cores, veio-me à memória a pequena criatura peluda e ridícula com quem sonhara três dias atrás e que tentara me explicar qual era minha razão de existir nesta vida.

— Tia, não liga não, são meus *koos*.

— O quê" Você estava acordada" — perguntei-lhe.

— Acabei de acordar agora. Você dormiu bem, madrinha" Não se assusta não, são meus *koos ala goop goop*.

— Hã-hã — tentei responder, meneando a cabeça. Os *koos*... (o que seria isso mesmo") pareciam olhar do chão para mim, sorrindo. Peguei-os e senti como eram fofos e macios ao toque de minhas mãos. Não é que, olhando bem de perto, eles eram muito engraçadinhos"

Coloquei-os alinhados perto da cama, ao alcance dos pés de A-afilhadinha-de-olhos-cor-de-mel quando esta saísse da cama. Ri outra vez, desta vez mais alto, de meu próprio susto. Então, era essa a mensagem que aquele diabrete, neste momento transmutado em doces pantufas, tinha tentado me dar naquele dia"

— Queridinha, vamos tomar café" Pode estar fazendo um tempo lindo lá fora e teremos um monte de coisas bonitas para fazer durante o dia.

Meus agradecimentos ao SESC, pela oportunidade única que me ofereceu.

Agradeço, também, às mulheres fortes de minha família e que me precederam: Ernestina Teani Zerbini e Arminda Eugênio Godoy, avós; Therezinha Godoy Zerbini, mãe, e Eunice de Jesus Zerbini Viariz, tia.

"Seus diplomas de conclusão do curso superior não pertencem somente a vocês, como a terra não pertence aos atuais habitantes. Sua educação, mulheres do presente, foi emprestada para vocês por mulheres do passado, e vocês irão repassá-la para outras mulheres e suas filhas por sete gerações, a contar de agora" (Naomi Wolf, "A woman's place", discurso proferido na cerimônia de colação de grau do *Scripps College*, em 17 de maio de 1992).

Este livro foi composto na tipografia
Schneidler BT, em corpo 11,5/16, e impresso em
papel off-white no Sistema Digital Instant Duplex
da Divisão Gráfica da Distribuidora Record.